£ 2.50
D1856789

AUGUST STRINDBERG

Richtfest

Aus dem Schwedischen übersetzt von
Helen Oplatka-Steinlin

MANESSE VERLAG
ZÜRICH

Als der Konservator am dritten Tag nach dem Unglück aus seinem Morphiumschlummer erwachte, lag er, nach der Operation in Verbände eingewickelt, in seinem Schlafzimmer. Das erste, was er zu unterscheiden vermochte, war ein rotes Kreuz auf einem weißen Mantel, und sofort wanderten seine Gedanken zu den Kreuzfahrern, Freimaurern, Schweizer Alpen, Absinthflaschen, Fabrikmarken, zur englischen Kriegsflagge, den Signalen der Flotte; aber der Wirrwarr dieser Vorstellungen quälte seinen angeborenen Ordnungssinn, und nach einem marternden Schweigen stieß er schließlich hervor: «Aber das Schweizer Wappen zeigt doch ein weißes Kreuz auf rotem Grund – es hat also seine Farben umgekehrt ...» Und die Anstrengung ließ ihn wieder in seinen Schlummer zurückfallen, in dem er ständig jede in seinem fieberkranken Hirn aufgekommene Vorstellung aussprach. Seit drei Tagen hatte er so geredet, und meist wandte er sich an den Direktor des Museums.

«Ja, doch, ich hatte meinem Jungen zum Geburtstag für zehn Kronen einen kleinen Phonographen gekauft, als er vier Jahre alt wurde. Ich wollte ihn erst allein erproben; ich zog ihn mit der Kurbel auf, löste den Sperrhaken, und es fing zu surren an ... Da schreit eine schauerliche Korporalsstimme: ‹Falkensteinmarsch! ‚Nachtigall'-Aufnahme!›* –

---

* Gemeint ist eine Aufnahme der Firma *Nachtigall.*

ein ganzer Takt lang Pause –, und dann wurde dieser Marsch hingeschmettert, der eigentlich vielen anderen ähnlich ist; aber nun, in meiner einsamen Wohnung, wurde mir kalt vor Entsetzen, erinnerte ich mich doch an die Zeit, als das Stück in Hamburg uraufgeführt wurde unter Umständen, die für mich besonders bedrückend waren. Es war im Alsterpavillon ... nein, nein, ich will nicht daran denken! Aber versteh, der Sergeant der Kapelle, der dort die Nummer ankündigte, hatte dieselbe Stimme wie jener im Phonographen – ich erinnere mich an seinen entsetzlichen Schnurrbart, seine blutunterlaufenen Augen; es mußte derselbe sein, der mich bis hierher verfolgt hat. Wie eigenartig: Schon damals haßte ich ihn, so schamlos betrachtete er meine Braut, fixierte er mich mit siegessicheren Blicken. Und nun hatte ich ihn in meinem Zimmer, er schrie: ‹Falkensteinmarsch! ‚Nachtigall'-Aufnahme!› Und dann begann der Marsch, suggestiv wie alle Plagiate, denn er war gestohlen aus dem ‹Père-la-Victoire›, dem ‹Boulangermarsch› und anderem mehr. Trotz meines Hasses hörte ich mir das Stück mehrere Male an; es belebte mein einsames Eßzimmer; aber um dem Sergeanten zu entgehen, verschob ich die Rolle auf der Walzenachse ein Stück weit. – Na ja! – Dann kam das zweite Stück – ich hatte auf gut Glück eingekauft. Es war eine Variéténummer. Ein Clown sagte irgend etwas Amüsantes, das ich nicht verstand; und daraufhin brach er in ein so infernalisches Lachen aus, daß ich begriff, daß eine Boshaftigkeit dabeigewesen sein mußte; aber das Lachen hatte eine unheimliche Wirkung, besonders als es von einem ganzen Chor übernommen wurde; und da mein Junge in schwierigen Verhältnissen lebte, wo man selten lachen hörte, ließ ich es bei dieser Rolle gut sein.

Und dann kam ich also mit meinen Geburtstagsgaben

in ihr Heim – denn wir hatten uns im Frieden getrennt, will sagen: im Unfrieden. Ich erinnere mich, wie ich auf der Treppe zitterte in meiner Angst vor all dem Unbehagen, das mir bevorstand, vor den tausend Unbehaglichkeiten, die ich alle auswendig kannte. Ich läutete – niemand öffnete, denn die Klingel war defekt. Das wußte ich und hatte schon manchmal darum gebeten, daß sie repariert würde. Das letzte Mal hatte ich mich gar anerboten, auf meine Kosten einen Handwerker zu schicken, aber dies war als eine grobe Beleidigung aufgefaßt worden. Nun mußte ich mit der Faust an die Türe hämmern. – Die Tür wurde geöffnet, und *sie* empfing mich mit einem sauren ‹Warum hämmerst du an die Tür?› – ‹Weil die Klingel defekt ist!› Diese Bemerkung, die ihre Nachlässigkeit betraf, wurde mit einem gehässigen Blick beantwortet. Nachdem ich für meinen Mantel vergebens einen freien Haken gesucht hatte, mußte ich mit einem schon besetzten vorliebnehmen und bekam die Ermahnung zu hören, ich solle meinen Mantel nicht dorthin hängen. Diese Szene hatte sich schon sechzigmal wiederholt; sie war gleichsam arrangiert, um Mißstimmung zu schaffen. Der Mantel kam auf einen Stuhl zu liegen, wo er, wie ich wußte, nicht liegen durfte. Da schmiß ich ihn auf den Fußboden. Damit war das Signal gegeben ... Ich betrat den Salon, dem, wie der ganzen altmodischen Wohnung, eine gewisse Gemütlichkeit eigen war. Wie ich es erwartet hatte, stand mein Sohn auf einem Stuhl am offenen Fenster; zur Hälfte hing er über das niedrige Fensterbord hinaus, um die Pferde auf der Straße zu beobachten. Dies versetzte mir einen Stich in die Brust, und ich lief eilends hin, um ihn in meine Arme zu schließen. Diese Geste enthielt wiederum einen stillen Vorwurf gegenüber der Mutter, und das Gewitter brach über mich herein ... kein Gedanke an das Leiden des Kindes. Um meinen berechtigten Zorn zu unterdrücken, ging ich zum Kachelofen und setzte mich in den Schaukelstuhl. Da man am Morgen eingeheizt hatte, wurde mir heiß im Rücken und an den Ohren; ich rückte darum mit dem Stuhl etwas weg und näherte mich so einem Piedestal, auf welchem eine riesige Gipsfigur stand, groß genug, um ein Kind zu erschlagen, wenn sie herunterfiel. Dieses Piedestal pflegte ich heimlich mit einem zusammengefalteten Papier zu unterlegen, ganz aus Sorge um das Kind. Als ich die Mutter zum ersten Mal auf die Gefahr aufmerksam machte, wurde ich ausgescholten, darum traf ich meine Maßnahmen in aller Heimlichkeit. Aber jedesmal, wenn ich wiederkam, war das Papier verschwunden. So war es auch an diesem Tag, und ich war voller Unruhe, daß der Junge sich der lebensgefährlichen Figur nähern würde.

Doch das Schweigen mußte gebrochen werden, und die Frau des Hauses stimmte ihre Klagelieder an, deren wohlbekannte Melodien und Texte mir nicht mehr neu waren. ‹Stell dir vor›, begann sie, ‹Lovisa spielt auf meinem Flügel, wenn ich nicht zu Hause bin.› Darauf hatte ich unzählige Male zur Antwort gegeben: ‹Warum schließt du denn den Flügel nicht ab?› Und darauf hatte die Frau ebenso viele Male erwidert: ‹Ein Flügel muß offenstehen.› Worauf ich einzuwenden pflegte: ‹Aber dann gerät doch Staub hinein.› Heute nahm ich mich davor in acht, eine Antwort zu geben, und setzte bloß eine Miene geheuchelten Mitleids auf, während ich einen Blick auf die welken Palmen warf, die beim Fenster standen. Die Frau fing meinen Blick auf und sagte: ‹Ja, den Pflanzen gefällt es bei mir nicht!› Darauf hatte ich die Gewohnheit einzuwenden: ‹Weil du vergißt, ihnen Wasser zu geben.› Aber heute schwieg ich. Die Frau fuhr weiter: ‹Lovisa ruiniert mich; sie trinkt meine Liköre aus.› Das wußte ich schon, und es grämte mich, daß das Dienstmädchen meiner Frau genießen sollte, was ich entbehren mußte. Ich hatte nämlich nicht die Mittel, mir selbst Liköre zu leisten, bezahlte sie aber meiner Frau. ‹Schließ den Schrank ab!› hatte ich ihr so manches Mal geraten, daß ich mich nicht wiederholen wollte.

Nun ist es ja so, daß ein streitsüchtiger Mensch sich immer mit seinem Opfer anlegen will und daß das Schweigen mehr reizt als eine gereizte Antwort. Meine Gattin kannte ja meine ausgebliebenen Antworten; deshalb verdächtigte sie mich nun, begann in meinem stummen Inneren zu wühlen, mir meine Eingeweide herauszuklauben, so daß ich vor Schmerz blutete. Da stand ich auf und ging gegen das Schlafzimmer hin; aber ich hatte mich zu rasch erhoben, so daß der Schaukelstuhl ans Piedestal stieß und die große Statue zu wackeln begann. Unfreiwillig entfuhren mir die Worte: ‹Nimm doch das gefährliche Ding weg, das Kind kann ja …› – ‹An allem hast du zu kritteln!› antwortete die Frau. ‹Weil in deinem Haus nichts in Ordnung ist!› Der Streit war in vollem Gang, aber als der Junge zeigte, wie sehr er litt, ging ich ins Schlafzimmer. ‹Geh nicht hinein, der Ofenkranz fällt herunter!› warnte die Frau. ‹Ist denn ein Fluch über diesem Haus, und wo gehöre ich denn hin?› fragte ich mich, dem Weinen nahe, und wollte mich aufs Sofa setzen; doch die Sprungfedern waren abgenützt, und so sank ich tief in eine Stellung hinab, die für den Menschen beklemmend ist; ich erhob mich und machte Miene zu gehen. Da kam die Frau auf mich zu, nahm freundlich meinen Arm, und mit verzweifeltem Blick fragte sie: ‹Du willst doch nicht schon gehen, an Eriks Geburtstag? Hast du keine Geschenke für ihn?› Doch, ich hatte Geschenke, aber ich glaubte nicht, in diesem Haus mit meinen Gaben Freude zu bereiten! ‹In diesem Haus›, wiederholte sie schmerzerfüllt, so daß mich unendliches Mitleid ergriff; es wurde mir klar, daß sie im Grunde an diesem Elend schuldlos war, daß wir beide ohne Schuld waren, daß uns dunkle, von außen kommende Kräfte steuerten. Ich nahm denn mein großes Geschenk, den Phonographen, hervor, fast sicher, damit Erfolg zu haben. Ich zog das Werk auf, die Augen auf das Kind gerichtet, um die Freude des Kleinen richtig zu genießen. ‹Falkensteinmarsch! ‚Nachtigall'-Aufnahme!› rief der Musikoffizier mit seiner rauhen Stimme. Dem Jungen wurde angst, und er begann zu weinen, so daß ich den Sperrhaken vorlegte, die Rolle wechselte und den Clown auftreten ließ. Was nun geschah, begriff ich damals nicht, doch später habe ich die Erklärung dafür bekommen. Die Mutter wurde weiß im Gesicht, nahm das Kind in ihre Arme, lief ins Schlafzimmer, stieß ein einziges Wort hervor: ‹Pfui!› Darauf wurde die Tür geschlossen. Weißt du weshalb, Axel? Ja doch, im Phonographen steckte eine unanständige Variéténummer, die ich nicht verstanden hatte, denn seit meinem Aufenthalt im Kongo kann ich besser Englisch als Deutsch. Meine schweren Schritte waren das letzte, was ich in diesem Treppenhaus noch hörte. Mir war zum Sterben elend, als ich hier alles zurückließ, was das Leben lebenswert machte.

Als ich auf die Straße hinauskam, erinnerte ich mich an alle schönen Stunden, die ich in diesem Hause, das ich liebte, verlebt hatte; es hatte eine gelbrote, warme Farbe und stach angenehm von den anderen grauen Häusern ab. Ich liebte diese kleine, ruhige Straße von dem Augenblick an, als *sie* hier einzogen. Sie erweiterte sich an einer Ecke, wo sich ein großes Glasgeschäft befand, und ich sehe noch, wie die glitzernden Kristallstücke in die Straße hineinfunkelten. Und jeden Sonntagmorgen gegen neun Uhr war ich hierher spaziert – ausgeschlafen, sonntäglich gekleidet, frisch rasiert – und brachte einen Strauß Blumen mit ... Und dort traf ich das Schönste, was es auf der Welt gibt: Mutter und Kind. Das war unsere glücklichste Zeit; wir beneideten uns gegenseitig um unsere eigene Erfindung, diese neue Form des Zusammenlebens ohne die Klippen der Ehe, ohne Dienerschaft und Haushalt. Das Mittagessen wurde immer bei mir eingenommen, und abends ging ich hinüber, um dabeizusein, wenn das Kind zu Bett gebracht wurde; anschließend saß ich bei der Mutter, die zuweilen vorlas, zuweilen auf ihrem Flügel spielte. Oft sprachen wir nicht; ich saß da und schwieg und bewunderte ihre Schönheit, wenn sie sich über eine Handarbeit beugte. Manchmal gingen wir am Abend spazieren, wir betrachteten die Schaufenster, besuchten ein Panorama oder etwas ähnlich Unschuldiges; wir brauchten weder Theater noch Gaststätten; und auch keine Gesellschaft anderer Menschen! ‹Wir drei› waren eine Welt für uns. Zwischendurch kam sie auch hin und wieder abends zu mir; dann hatte ich alles zum Fest geschmückt, mit Kerzen, Blumen und Wein; wir saßen unter einer großen Palme am runden Tisch mit jenem Tuch im Gobelinmuster, das eine unendliche Zahl seltsamer Figuren zeigte und uns als eine Art Wahrsagebuch diente. Wenn dann die Stimmung besonders gut war, wünschten wir uns, bis zum Ende des Lebens so beieinanderzusitzen und miteinander zu sprechen. Aber wenn es auf Mitternacht zuging, mußte sie zum Kind nach Hause; und dieser notgedrungene Aufbruch hielt unser Verhältnis frisch, so daß es bei uns niemals muffig wurde. Aber nun war es aus!»

Der Kranke schloß die Augen und fiel in einen Dämmerschlaf. Er glich einem Toten. Die Rotkreuzschwester schraubte die Lampe herunter und setzte sich in den Schatten, um die Ankunft der Nacht und die befürchtete Krise abzuwarten. Sie betrachtete das Gesicht des Kranken, das früher gebräunt war vom Leben im Freien, nun aber gelb geworden war; das Haar und der Bart stachen kohlschwarz ab, exotisch, auf eigenartige Weise südländisch – waren es die Spuren Afrikas? Etwas kindlich Gutes, Sorgloses lag darin, eine Bereitschaft zu lachen, aber ein Widerwille vor dem Weinen; die ausgeprägten Kieferknochen mochten auf eine gewisse Grausamkeit deuten, zeugten aber eher von der Gefühllosigkeit des starken Mannes gegenüber eigenem und folglich auch gegenüber fremdem Leiden. Er war Gelehrter und Jäger, Fischer, Sportler, Afrikareisender, Seemann. Als Sohn von Fischern, am Meer geboren und in einfachen Verhältnissen aufgewachsen, war er in seinem Beruf ein gesunder Alltagsmensch, dem das Grübeln fernstand; er war gewohnt, zu befehlen und zu töten, aber in seinem Gefühlsleben, in seinem Verhalten zu Frau und Kind war er zärtlich, feinfühlend, aufopfernd und treu. Bei der Beförderung auf Grund einer Unbesonnenheit, die von seiner Erziehung herrührte, übergangen, war er klug genug gewesen, sich die Beleidigung nicht zu sehr zu Herzen zu nehmen, sondern er hatte sich eine Ehre daraus gemacht, seine Niederlage als etwas ganz Natürliches hinzunehmen; und sein Leben war ruhig und gleichförmig dahingeflossen bis zum Beginn des letzten Jahres, als sich die Unglücksfälle ereigneten, einer nach dem anderen, Schlag auf Schlag.

Der Kranke hatte eine Viertelstunde geschlafen, als er

plötzlich die Augen aufschlug und auf der Tapete ein bestimmtes Muster suchte, das einen Kopf bildete und entfernt seinem Freund, dem Direktor, ähnlich sah, den er im Zimmer wähnte und mit dem er sprach.

«Wie das Unglück geschehen ist? Nun – ich war am Tag zuvor im Naturwissenschaftlichen Klub; man referierte am Abend über Hellenbachs ‹Mystik der Zahlen› und über die Periodizität im menschlichen Leben*. Nach Hause gekommen, versuchte ich, mein magisches Quadrat aufzustellen, und fand dabei heraus, daß sich mein Leben in Fünfjahresperioden fortentwickelte und daß die absteigende Kurve innerhalb der Abschnitte von Mißerfolgen geprägt war, was eine Ermüdung oder Energieverminderung andeutete. Du lachst mich aus? Erinnerst du dich nicht an die bekannte Zusammenstellung der wundersamen Zahlen im Leben der fünf amerikanischen Präsidenten? Und an die Zahlenverhältnisse, die vom Referenten hervorgehoben wurden? Nicht? – Aber doch**: Adams, Jefferson, Madison, Monroe und Quincy Adams folgten einer dem anderen. Ein jeder saß acht Jahre lang am Steuer; das war an sich keine Besonderheit, geschah es doch nach der Verfassung. Hingegen verdient Beachtung, daß ein jeder acht Jahre nach seinem Vorgänger geboren wurde und daß alle bei ihrem Rücktritt sechsundsechzig Jahre zählten, mit Ausnahme von Quincy Adams. Drei von den fünfen starben genau am Jahrestag der Unabhängigkeitserklärung, am 4. Juli, welch letzteres Faktum al-

---

* L. von Hellenbach: *Die Magie der Zahlen* (1882). Im Kapitel «Die Periodizität im menschlichen Lebenslaufe» versucht der österreichische Philosoph und Okkultist nachzuweisen, daß im Leben eines Menschen gleichlange Intervalle unterschieden werden können.

** Was folgt, ist historisch nicht in allen Einzelheiten korrekt.

lerdings auch von der Psychologie der Beeinflussung oder der Suggestion hergeleitet werden kann. Ich komme zurück zu den periodischen Zahlen meines Lebens – nein, ich finde mich heute mit den Zahlen nicht zurecht …

Das Unglück war es: Ich ging aufs Land hinaus; der Weg machte eine Biegung; auf der einen Seite fand sich eine steile Felswand, auf der anderen die See. In der Biegung erschien plötzlich ein Reiter, der mir entgegenkam; gleich dahinter folgten zwei Damen mit einem Hund. Die Frauen lachten auf eine boshafte Weise, und der Hund jagte, ohne zu bellen, dem Pferde nach. Augenblicklich erfaßte ich das Dilemma meiner Lage: Sobald der Hund das Pferd einholen und zu stellen beginnen würde, würde das Pferd scheuen und ausschlagen; auf welche Seite – das war abhängig von der Stelle, an welcher der Angriff erfolgen würde. Nun, ich drückte mich eng an die Felswand, aber nun erst sah ich, wie infernalisch meine Situation war, sah, daß der Hund gerade in dem Moment bellen würde, da das Pferd mich erreicht haben würde. Alles schien eine böse Intrige, untermalt vom Gelächter der unbekannten Damen … nun bin ich zwischen dem Pferd und dem Berg … der Hund bellt, das Pferd schlägt auf meine Seite hin aus. – ‹Welche Gemeinheit!› war mein letzter Gedanke. Ich fühlte keinen Schmerz, ich versank nur in Dunkelheit und verlor das Bewußtsein. – Ja, Axel, und das war genau an dem Tag, an meinem kritischen Tag, als dies geschah. Ich bin, wie du weißt, auf der Rückseite von Öland am Meer geboren und habe seit meiner Kindheit an Vorzeichen und Warnungen geglaubt …»

Der Kranke richtete sich im Bett auf und bat die Schwester, das Fenster zu öffnen. Sie tat, wie wenn sie seinen Wunsch erfüllte, und er legte sich wieder und sprach ununterbrochen.

«Falkensteinmarsch! ‹Nachtigall›-Aufnahme! – Ich ging also von dem Geburtstag mit dem Gefühl nach Hause, daß alles aus sei und daß ich für diesen Bruch nicht selbst verantwortlich war. *Sie* nie wieder sehen, meinen Sohn nie mehr sehen … Warum? Unerklärbar! Die kleinen Zwistigkeiten hatte ich durch Schweigen, die großen durch Nachgiebigkeit zu vermeiden gesucht, aber auf diese Weise hatte ich mich in ein Netz von Unaufrichtigkeiten verstrickt, so daß sie sich einbildete, wir seien eins, wo wir doch uneins waren. Ich war ein Duckmäuser und ein Heuchler geworden, und ich verachtete mich selbst.

In meine einsame Wohnung zurückgekommen, verspürte ich zuerst ein Gefühl der Befreiung; ich hatte unter einem Fels gelebt, war unter ihm gewachsen und hatte Wasserschößlinge getrieben, denen die Kraft zu blühen fehlte. Fünf Jahre zuvor hatte ich mein Junggesellenzimmer verlassen und diese Wohnung wie etwas Wohltuendes, Großes, Offenes betreten. Aber eines Tages kam ein kleines Kind zur Welt und vertrieb uns aus dem vierten Raum, so daß wir das Zimmer der Frau als Schlafzimmer einrichten mußten. Doch die Frau malte, und die großen Eisenbetten nahmen drei Viertel des kleinen Raumes ein. So mußten wir uns trennen; ich zog in mein Arbeitszimmer und schlief auf dem Sofa, das aber zu klein war. Ich erinnere mich, wie ich bei der Möblierung der Wohnung vorausgesehen hatte, was geschehen würde; wie ich meine Frau gebeten hatte, mir als Reserve ein recht großes Sofa zu beschaffen. Sie kaufte ein kleines, genau wie das Sofa in der Mädchenkammer, und als ich mich beklagte, bekam ich zur Antwort, größere gebe es nicht zu kaufen.

Ich wußte, daß es zu kurz war und zu schmal, obschon man mich vom Gegenteil überzeugen wollte; ich wußte, daß es gegen die Wand hin eine scharfe Kante hatte, an der man sich zu scheuern pflegte, aber das Unausweichliche hat geschehen müssen. Nun ja, so war ich von meinem Junggesellenbett, das immerhin ein Bett war, zu einem Klappbett gekommen. Die scharfe, schneidende Kante versuchte ich mit Filz zu verkleiden, aber nun konnte man das Sofa nicht mehr zusammenklappen. Was zu geschehen hatte, war geschehen. Aber ich beklagte mich nicht, denn es war mir völlig klar, daß man für Frau und Kind etwas von seiner Bequemlichkeit opfern mußte. Das Kind und das Kindermädchen bekamen das schönste Zimmer der Wohnung, das einzige, das sonnig war; die Köchin hatte ein ebenso nettes Zimmer auf der Südseite, wo sie Blumen zog ... Wohlan! Ich klagte nicht, denn ich hatte im Kind einen Ersatz bekommen. Aber nun gedachte meine Frau ihr Pianospiel wieder aufzunehmen, und es sollte abends im Salon geübt werden, der neben meinem Zimmer lag. Tonleitern sind ja nicht gerade anregend, wenn man Abhandlungen schreibt, und da ich einzig abends zu Hause war, so litt ich – und meine Arbeit auch. Da entschloß ich mich spazierenzugehen, nachdem ich meine Frau in aller Freundlichkeit gefragt hatte, wieviel Zeit sie für ihre Übungen benötige. Noch war der Haß nicht offen ausgebrochen, und sie antwortete deshalb freundlich und dankbar, daß sie eine Stunde brauche, wenn ich so lieb sein wolle. Ich ging aus, und die Frage war in Frieden gelöst. Aber bald wurde als Schuldigkeit aufgefaßt, was ich aus Gutmütigkeit tat, und als ich mich eines Abends weigerte, im Platzregen und in der Dunkelheit herumzulaufen, bekam ich harte Worte zu hören. Da floh ich in den Regen und in die Nacht hinaus. Eine Stunde ist lang, wenn man sich die Zeit unfreiwillig vertreiben muß; durch und durch naß und kalt, ging ich die öden Straßen auf und ab. – Dann traf ich einen Bekannten aus meiner Junggesellenzeit, der mich ins Kaffeehaus schleppen wollte. Nein, ich hatte dem Gasthaus abgeschworen, seit ich ein eigenes Heim besaß; aber ich konnte nicht umhin, daran zu denken, wie gut ich es damals gehabt hatte, als ich, vor Reibereien, Zwang und Nörgelei geschützt, mit gebildeten Menschen in einem angenehmen, hellen, warmen Lokal Gespräche führte. Aber im selben Augenblick fragte ich mich: ‹Möchtest du tauschen?› und antwortete ohne Zögern: ‹Nein! Frau und Kind sind nicht teuer genug zu erkaufen! Klage nicht, sonst kommt es noch schlimmer!›

Nun denn! Ich blieb allein in dieser Wohnung, hatte alle Türen geöffnet, alle Lichter angezündet; kein Kindergeschrei, keine Tonleitern, keine Schelte für nichts und wieder nichts. Ich leugne nicht, daß ich mich erfreute an den offenen Türen und dem großen Bett, das ich in den besonnten Raum gestellt hatte. Hier, in diesem Zimmer, war gekämpft und gelitten worden, hatte man geweint und Schmutz hinterlassen; nun war es so still und rein, daß es mir auffiel. An der Unsauberkeit, die einem Kinderzimmer eigen ist, hatte ich mich allerdings nie gestoßen, denn an Kindern ist immer etwas Reines; aber nun genoß ich, daß der Schmutz verschwunden war. Und ich hüllte mich in Einsamkeit, Stille und Sauberkeit. Das Gefühl des Verlusts und der Leere drängte sich nicht auf oder war gerade als Grundton von etwas Großem, Feierlichem und behaglich Schmerzlichem wahrzunehmen. Ich schlummerte an diesem Abend ein mit dem Gefühl, in einen neuen Lebensabschnitt getreten zu sein, der noch besser war als der frühere.

Am nächsten Morgen schien die Sonne ins Zimmer; eine warme, trockene Luft umgab mich, und ich war glücklich. Ich dachte: ‹Alles, die Kindheit, die Jugend, die Schönheit, ist vergänglich; auch mit der Ehe sollte es vielleicht so sein: ein Frühling ohne Herbst und Winter – kurz, aber schön!› Und ich setzte mich an meine Arbeit, ohne mich allerdings wieder als Junggeselle zu fühlen; ich war Witwer mit einer nutzlosen Last von Erinnerungen an das höchste Glück und den tiefsten Ernst des Lebens.

Wenn ich daheim bin, sitze ich meist im Sonnenzimmer, und vom Fenster aus überblicke ich einen Garten, hinter welchem ein Haus steht; darin wohnt ein Mann, der mein Feind ist. Als ich einzog, wußte ich nicht, daß er hier wohnte, sonst hätte ich mich nie dazu entschlossen. Er haßt mich mit Grund, da ich ihn vor langer Zeit einmal gekränkt habe … Er ging mir vor den Füßen, und ich trat ihm auf die Fersen, was ich damals für richtig hielt; aber im Lauf der Jahre habe ich meine Einstellung geändert, und wenn ich ihn an seinem Fenster sitzen sehe, einsam und unglücklich, so kommt es mir vor, als sei er dort und warte auf mein Unglück. Ich sehe ihn lediglich im Winter, wenn die Bäume entlaubt sind; während der schönen Jahreszeit ist nur seine Lampe zwischen dem Laubwerk sichtbar; sie hat einen grünen Schirm, und wenn die Bäume sich im Winde rühren, bewegt sich das grüne Licht wie ein Blinkfeuer. Solange ich glücklich war, pflegte ich dieses Haus und seinen Bewohner mit Teilnahme und einem leichten Vorwurf zu betrachten, aber als das Unglück kam, ergriff mich Furcht vor dem Feinde. Das grüne Licht barg die Farbe der Hoffnung – der Hoffnung auf Rache –, und es schien mir, alles Böse strahle von diesem Haus aus. Wegziehen konnte ich nicht und hoffte deshalb, die Bäume des Gartens möchten über sein Fenster hinauswachsen oder das Haus würde abgerissen; aber es blieb stehen, und sein Grünes Auge war immerfort auf mich gerichtet. Deshalb zog ich es vor, am Abend das große Zimmer auf der Nordseite zu benützen, wo ich den Sternenhimmel mit dem Großen Wagen und der Capella vor mir hatte. Die Capella war *ihr* Stern, aus Gründen, die ich nicht recht beschreiben kann.

Auf dem Fußboden lag mein Löwenfell; ich selbst hatte das Tier geschossen. Wir hatten es früher wie einen grünen Rasen benutzt; wir lagen auf ihm und spielten Domino, das Kind kroch darauf herum und machte da auch seine ersten Schritte. In der ersten Zeit unseres Glücks hatte meine Gattin diese Trophäe geliebt und bewundert, aber nach der Ankunft des Kindes änderte sich ihr Geschmack, und sie begann über meine Grausamkeit, Lebewesen zu töten, nachzugrübeln. Sie gab es auf, mich auf Jagd und Fischfang zu begleiten, gebrauchte das Wort ‹Mörder›, zuerst im Scherz, doch später im Ernst.

Da wandere ich im Wohnzimmer auf und ab, den Sternenhimmel vor mir, in Schweigen gehüllt, das einzig von der Eiskiste im Vorzimmer unterbrochen wird, deren regelmäßiges Tropfen meine Zeit wie eine Wasseruhr mißt. Zuweilen, wenn das Eis ein wenig weiter geschmolzen ist, hört man die Wasserflaschen rutschen, wie wenn zur Mittagszeit der Schnee vom Dach herunterprasselt.»

*

Hier fiel er wieder in Schlaf, und die Schwester nutzte die Zeit, um sein Bett in Ordnung zu bringen und, für den

Fall, daß er erwachen würde, die Medizin bereitzustellen. Der Arzt trat ein. «Wie geht's?» fragte er. «Er redet irre!» antwortete die Schwester. «Geben Sie ihm Morphium für die Nacht. Hier kann man nichts mehr tun.» Und der Arzt ging weg.

Dann begann der Kranke wieder aufzuspielen wie der Phonograph, wenn man den Haken löst.

«Der Garten auf der Südseite war meine große Freude. Da lag gelbes Stroh, und wenn das Wetter grau war, leuchtete es wie ein besonnter Fleck; als die Beete umgegraben wurden, traten Tausende von Glasscherben zutage; und bei klarem Wetter reflektierte jede einzelne die Sonne; jede bildete eine kleine Sonne für sich selbst. Und bei Mondschein war der Boden von Miniatur-Monden übersät. Nun begann der Gärtner zum fünften Male, an den Treibbeeten zu arbeiten; wieder würde ich zusehen, wie er säte, wässerte, belüftete, erntete. Er streute den Sonnenschein seiner gelben Strohhalme über die schwarze Erde, trug Rahmen, Scheiben und Matten ins Freie, aber er grub den Boden nicht um. Hingegen kamen Herren in Melonenhüten mit Stangen und Ketten, maßen und zirkelten, rechneten und visierten. Da begriff ich, daß gebaut werden sollte, und ich freute mich, daß das Grüne Auge nicht mehr zu mir finden würde, daß ein Steinhügel über die Leiche gelegt werden sollte und das Vergangene begraben und der Vergessenheit anheimgestellt sein würde! Dann begannen sie, im Boden herumzugraben; aber als sie die Bäume fällten, stand das Haus meines Feindes nackter vor mir als je zuvor. Ich vermochte seine Topfpflanzen im Fenster zu erkennen; den Philodendron, dem die Meeralge Laminaria so ähnlich sieht, die verschiedenen Kaktusarten, den Gummibaum; ich entdeckte sein

Thermometer und machte mich vertraut mit den Mustern auf seinen Gardinen. Es war sein eigenes Haus, eine Villa mit nur zwei Stockwerken, und ich tröstete mich und sagte mir: ‹Warte nur, bald wirst du weder die Sonne noch den Mond sehen, und deine Blumen werden sterben wie du selbst, weil euch das Licht fehlt!› – Ich fand es ganz natürlich, daß ich mich freute, meinen Feind unschädlich gemacht zu sehen, ohne die eigene Hand erheben zu müssen, und ich überlegte mir auch, daß seine Villa an Wert verlieren mußte, wenn vor ihr gebaut wurde und Mieter aus fünf Stockwerken auf sie herunterblickten. – Nun denn, der Grundstein war gelegt, und das Haus begann zu wachsen.

Wo war ich? Ach ja! Falkensteinmarsch! ‹Nachtigall›-Aufnahme! Das Löwenfell, die Eiskiste und Capella ... Nach einer Zeit des Alleinseins befiel mich ein schreckliches Heimweh nach dem Kind. Man war übereingekommen, daß ich auf alle Fälle mit meinem Sohn in Verbindung bliebe, auch seinetwegen, damit er nicht vaterlos ins Leben hinaustreten müsse. Und die Mutter hatte auch eingesehen, daß sie als menschliches Wesen sterblich war und daß das Kind, falls sie sterben würde, ohne Eltern in der Welt stünde, wenn es mir entfremdet würde. Nun wollte ich wissen, ob mein Junge mich besuchen dürfe; ich ließ die Dienstmagd anrufen und stand selbst im Flur, um die Antwort abzuwarten. Die Antwort kam: Die Frau war abgereist, ihre Adresse war unbekannt! – In jenem Augenblick fühlte ich die Leere um mich herum in ihrer ganzen Grausamkeit, und die Sehnsucht nach dem Kind ergriff mich mit doppelter Stärke, denn ich vermeinte zu spüren, wie sehr mein Junge nach mir verlangte. Ich erriet auch gleich ihr Versteck und ging auf den Telephonapparat zu, erinnerte mich aber, daß jener Ort nur über das Reichsnetz-Telephon erreichbar war; und an dieses war ich nicht angeschlossen. Doch entsann ich mich, daß ich den Apparat meines Nachbarn im unteren Stock benützen könnte, da er mit seiner Familie auf einer Reise war. Ich stieg also die Treppe hinunter, läutete und wurde ins Herrenzimmer eingelassen. Endlich befand ich mich im Innern der Wohnung, an welcher ich vier Jahre lang vorbeigegangen war. Ich rief das Amt an und bekam zur Antwort, ich solle auf den Rückruf warten; es könne eine Weile dauern, denn vor mir seien sechzehn Gespräche angemeldet. Obschon von Natur aus ungeduldig, überkam mich vor dem Unausweichlichen eine zynische Ruhe; ich setzte mich in den Stuhl des Hausherrn und sah mich um, nachdem ich das Mädchen auf die Verzögerung vorbereitet hatte. Die Türen der Wohnung standen alle offen; ich konnte, ohne zu spionieren, einen Blick in alle Räume werfen und sah, daß alles von den Spinngeweben der Langeweile überdeckt war. Ich hatte ja von oben her den Beginn und die ganze Entwicklung dieser Ehegeschichte miterlebt, ohne die auftretenden Personen zu kennen, ohne sie im Treppenhaus richtig wahrgenommen zu haben und ganz ohne Vorstellung vom Schauplatz der Handlung. Ich hatte bereits mein erstes Ehejahr in diesem Haus verbracht, als die neuvermählten Leute einzogen. Es wurde möbliert, tapeziert, installiert. Am Hochzeitsabend stieg ich die Treppe hinauf und erblickte durch den Briefkastenschlitz der Wohnungstür und durch das Vorzimmer den Eßtisch mit unzähligen Blumensträußen zwischen brennenden Leuchtern zum Willkomm des Brautpaars, das noch nicht angelangt war. Die weißen Kerzenlichter, die Unbeweglichkeit der Flammen, die stille Farbenmusik der Blumen ließen mich auf der Treppenstufe verweilen, gleich einem Jäger, welcher ein Wild gesichtet hat; aber als ich die nächste Treppenstufe nahm, sah ich, immer noch durch den Briefkastenschlitz, eine Silberschale mit Früchten, zwei venezianische Gläser und einen vergoldeten Eiskübel. Genau wie ein Jahr zuvor bei uns! ‹Morgen werden sie ihre Masken abgeworfen haben!› dachte ich mir.

Nun, dann waren sie acht Tage verheiratet; ich hatte auf dem Türschild gelesen, wer er war: ein mir unbekannter Architekt. Abends war ich ausgegangen und kam nach Hause, als das Licht im Treppenhaus schon gelöscht war. Bereits bei der Haustür hörte ich Klaviermusik, und während ich diese wunderliche Schraube oder Schnecke, welche eine Treppe bildet, hinaufstieg, wanderte ich in einem Chaos von Dunkelheit und Musik in unaufhörlichem Crescendo, das im zweiten Stock, wo die Dunkelheit nach feinem Tabak roch, zum Getöse anwuchs. Plötzlich sah ich in dem schwarzen Dunst drei glutrote Flecken. Ich riß ein Streichholz an und stand vor drei Herren im Frack, die in den Flur hinausgetreten waren, um eine Zigarre zu rauchen – im Dunkeln! Ihr erster Ball! Als ich im dritten Stockwerk angekommen war, hörte ich die Musik und die Schritte der Tänzer, die meinen Kronleuchter erklirren ließen, das Stimmengewirr, Gelächter beim Souper, die Reden auf die Neuvermählten, die Tischlieder und schließlich das Repertoire des Phonographen. Ich freute mich mit ihnen und brachte gern meinen verlorenen Schlaf als glückbringendes Opfer auf ihr junges Glück dar. Denn sie tanzten bis in den Morgen hinein, und ich bemerkte insbesondere, daß der Walzer ‹Le Charme› mehrere Male wiederkam. Das war anscheinend der Lieblingswalzer der jungen Frau! – Am nächsten Vormittag, als der Hausherr bei seiner Arbeit war, hörte ich gegen zwölf Uhr die junge Frau ‹Le Charme› spielen, leise, schmachtend – wie ein Echo vom Ball des vergangenen Abends; ich dachte mir, daß sie jetzt nicht für ihren Mann spiele, und erinnerte mich an den dunklen Herzensbrecher mit den Mörderaugen im Treppenhaus und schlug mir die boshaften Gedanken aus dem Sinn; Mitleid mit der jungen Frau erfaßte mich, die nun ihren Abschied nahm von der Jungmädchenzeit, von Flirt und Tanz, um den bitteren Ernst des Lebens kennenzulernen. – Erst um sechs kam der Mann zum Abendessen nach Hause; ich hörte ihn schon im Vorzimmer seine Frau mit einem Gähnen begrüßen, das durch die ganze Wohnung rollte und das die Ehefrau mit Küssen und einer vollen Salve schmeichelnder Worte, Fragen und Mitleidsbezeigungen beantwortete. Zu meiner Ehre muß ich hinzufügen, daß ich weder lausche noch spioniere; ich bin meist allein, sitze still an meinem Tisch und schreibe; ich bin folglich gezwungen zu hören, und wenn ich nicht mein eigenes Leben zu leben habe, lebe ich das Leben anderer.

Das Leben der Neuvermählten entwickelte sich rasch. Man gab Diners, meist sonntags, an welchen, schien mir, beider Eltern teilnahmen. Nach der Mahlzeit spielte man *à quatre mains**; den Anfang machten immer Brahms' ‹Ungarische Tänze›, deren erster Satz mich berauschte wie früher Schumanns ‹Aufschwung›, aber wenn im zweiten Satz der Gassenhauer einsetzte, hätte ich wie ein Hund heulen mögen, genau wie in gewissen Sonaten Beethovens, wo in ein ‹Largo maesto› mit seinen Urtönen aus

* vierhändig

den Abgründen des Herzens plötzlich ein Wiener Gassenhauer eingeschoben ist. Manchmal wurde danach noch ein Tanz improvisiert, und immer war ‹Le Charme› dabei; aber mit richtigen Hausfesten war es aus. Dann trat eine Zeit ziemlicher Stille ein; die Frau spielte zwar Klavier, doch ihr Repertoire ist etwas beschränkt, einfach, aber nicht unsympathisch. Ihre besten Stücke sind Peterson-Bergers ‹Sommerlied› und ‹Wellen am Strand›, die ich immer wieder hören mag, denn sie haben etwas Unvergängliches; auch nach vierjähriger Abnützung sind sie mir noch lieb.

Monate sind vergangen, die Musik wird seltener, die Sonntagsmahlzeiten stiller. Etwas Neues ist dazugekommen, und an den Abenden vernehme ich ein regelmäßiges Hämmern und Klopfen wie aus der Werkstatt eines Kunstschreiners. Ich begreife nicht, welcher Beschäftigung ein Architekt zu Hause nachgehen kann, die solche Geräusche macht; aber eines Abends höre ich ‹Terne› und ‹Quartaner›*; das wohlbekannte Knallen der Steine auf dem Spielbrett und das Rollen der Würfel geben mir die Lösung. ‹Ach, so weit seid ihr nun gekommen!› – Ein dumpfes Schweigen herrscht im unteren Stock, aber es ist ein Schweigen hoffnungsvoller Erwartung. Und dann, eines Nachmittags, wird dieses Schweigen von jenem Schrei unterbrochen, der den Eintritt eines Menschenkindes in dieses Leben verkündet. – Bum! Neuer Aufschwung! Eines Mittags hört man von unten das Brausen einer großen Menschenmasse, Gesumme, Gelächter; alle sprechen durcheinander. Dann legt sich der Lärm wie der Wind und die Wogen; es wird totenstill; und darauf er-

* «zwei Dreier» bzw. «zwei Vierer»

hebt sich eine starke Stimme, die durch die Zimmerdecke dröhnt ... ein kurzes Kinderweinen unterbricht sie ... Ich glaube, die Worte zu hören: ‹Wer nicht das Reich Gottes annimmt wie ein Kind, der wird nicht hineinkommen.›* Vielleicht ist es so!

Die Geräusche werden wieder lauter, witzige Sprüche ertönen bei dem Klang der Gläser, ‹Le Charme› erklingt. Ein neues Leben hat begonnen, und die Sonntagsdiners werden wieder regelmäßig. Ich höre deutlich zwei ältere Männerstimmen das Wort führen; es sind die beiden glücklichen alten Herren, die Großväter geworden sind. Und nun wird mir klar, daß es der Vater der jungen Frau war, der vierhändig mit ihr gespielt hatte; er spielt auch solo, aber sein Repertoire ist etwas altmodisch. ‹Stradella›, ‹Fra Diavolo›, Studentenlieder, schwedische Volkslieder – immer dieselben; aber sie sind mir deshalb nicht weniger lieb. Während der ersten Zeit schläft das Neugeborene im Schlafzimmer der Eltern, und nachts hört man das Geschrei des Kindes, manchmal von einer belegten Baßstimme begleitet, die im Halbschlaf etwas murrt und auf die eine weibliche, leicht hysterische Stimme mit längeren Ausführungen im Staccato antwortet. Dann beginnt man die Möbel zu verrücken, denn aus dem nächtlichen Knurren ist ein Löwengebrüll geworden, und die Ausführungen der Frau werden länger und länger. – Er will nachts schlafen, um am Tage arbeiten zu können; deshalb wird das Wohnzimmer nun zum Kinderzimmer, eine Kinderpflegerin wird angestellt, und das Kind bekommt die Flasche. Nun schreit es Tag und Nacht, zuweilen eine Stunde, zuweilen zwei; ich begreife, daß es um die neue

* Luk. 18, 17

Speiseordnung geht, um die Fütterung zu gewissen bestimmten Zeiten wie in Menagerien und Kasernen; und der Arzt versichert, daß das Kind sich an die neuen Regeln gewöhnen und später still und geduldig seine Mahlzeiten erwarten wird. Das war nicht die Wahrheit, denn das Kind schrie anderthalb Jahre lang vor Hunger, und das war nur natürlich.

Das erste Entzücken über das Kind hat sich gelegt, das Ehepaar begibt sich abends wieder in Gesellschaft, kommt nach Hause und gähnt, wechselt einige Worte und geht schlafen. Noch spielt die Frau ihre Stücke, und ‹Le Charme› taucht hin und wieder auf wie ein Seufzer über eine entflohene Jugend. Dann gibt es neue Bewegung: Der Großvater väterlicherseits stirbt; man macht eine Reise und wohl auch eine Erbschaft (dies entnehme ich der Zeitung). Darauf folgt die Beförderung des Mannes, eine Reihe von Herrendiners; das sehe ich am Eiskübel, der oft im Treppenhaus vor ihrer Tür steht. Der Vater der Frau kommt am Sonntag immer noch regelmäßig zum Mahl; er spielt nach dem Essen ‹Stradella› und ‹Fra Diavolo› und bleibt bis zum Abend. Dies ist etwas zu lang, verstehe ich, und ein halbes Jahr später haben die gemütlichen Großvatersonntage von selber aufgehört; zu spät wohl sah er ein, daß er überflüssig war. – Nun beginnt der Mann abends wegzubleiben; entweder ist er auf Reisen oder im Café. Die Frau bleibt allein zu Hause und spielt ihr begrenztes Repertoire, aber sie beginnt zu pfuschen, wird wehmütig, wenn sie die alten Stücke spielt, und meidet ‹Le Charme›. Schließlich höre ich sie eines Abends ‹Die Blüten der Freude im Staub der Erde› gleichsam herausweinen; dann wird das Klavier zugeschlagen, und nur das Schweigen bleibt. Bald darauf scheint ein Kompromiß zustande gekommen zu sein; der Herr hat seine Kartenspielfreunde nach Hause gebracht, um wenigstens nicht außer Haus zu sein ... Aber das Kartenspiel hört bald schon wieder auf, und die Eheleute beginnen sich vorzulesen, abwechselnd, doch nur kurze Zeit. Dann ist auch das Vorlesen zu Ende, und das Gähnen beginnt. Das Klavier wird drei Monate nicht mehr geöffnet, keine Gäste mehr – das ewige Schweigen hat begonnen! Arme Menschen!

Vier Jahre sind vergangen; nun sitze ich hier in seinem Arbeitszimmer und warte auf einen Anruf. Es ist sein Zimmer, derselbe Raum wie der meine; der seine hat etwas Nacktes, Abstraktes an sich, entspricht eben der Beschäftigung eines Architekten mit geometrischen Größen, Linien, Flächen. Ich erblicke Hauspläne, aber keine Hausmodelle, keine lebenden Dinge, keine Pflanzen, keine Farben. An den Fenstern fehlen die Gardinen, denn er braucht bei seiner Arbeit Licht; so ist mir, als ob ich, ungeschützt vor rauhem Wetter, im Freien säße; und das macht den Raum banal und abstoßend, abgesehen davon, daß auf dem Ganzen die Langeweile lastet. Ich sehe im Vergleich dazu mein warmes Zimmer in seinem farbigen Helldunkel, angefüllt mit Pflanzenschmuck, den ausgestopften Tieren und den Gemälden; sein Kachelofen ist wie der meine; die Tapeten sind dieselben; es ist mein Zimmer, aber vernachlässigt, geplündert, schmutzig. Ein echter Wohnraum beginnt für mich bei den Gardinen, die einen von der feindlichen Außenwelt abschließen und beschützen; dies hier ist eine Werkstatt, und mich friert im kalten Tageslicht. Dort steht immerhin das Spielbrett, an dem sie jene neun Monate lang kämpften; dort der Spieltisch, da das Sofa. Ich sehe nun an seinen Zeitungen, wes

Geistes Kind er ist; daß er in den vierziger Jahren lebt, nicht die Kraft hatte zu wachsen; ich ersehe aus seinen Zeichnungen, daß er im Jahr 1860 stehengeblieben war, sehe in seinem Büchergestell nicht, was vorhanden ist, sondern was fehlt; ich betrachte die Photographien: Dort steht er, und ich begreife, warum es mir so schwerfiel, mir sein Aussehen einzuprägen, wenn er auf der Treppe vorbeihuschte – ein Bild von Indolenz, die allen Kämpfen des Lebens ausweicht; ein Bild der Alltäglichkeit, die Langeweile um sich verbreiten muß. Da sitzt seine Frau, an deren Aussehen ich mich ebenfalls nie zu erinnern vermochte; eine Gestalt in Grau, farb- und schattenlos, die ihr Repertoire auch nicht um ein einziges Stück hatte erweitern mögen und deshalb aufhörte, ihrem Mann vorzuspielen, welcher der immer gleichen Stücke überdrüssig wurde. Dort ist sein verstorbener Vater, der bei den Mahlzeiten das Wort führte und die Toaste ausbrachte, fröhlich und unterhaltsam bei Tisch, aber langweilig auf dem Bild. Und das sind diese guten Bürger, deren Glück wir beneiden, deren schönen, guten Schlaf wir haben möchten. Dort ist *ihr* Vater, der im Jahre 1900 noch ‹Stradella› spielt! Ihn habe ich schon gesehen! Eine Erinnerung erwacht in mir: Er war Extraordinarius in Uppsala, und ich legte bei ihm mein Examen in Zoologie ab; er befragte mich über die Schmetterlinge. Ich sehe nun, daß die Tochter dem Vater wie ein Ei dem andern gleicht; keine Differenzierung, keine Bildung einer Unterart, keine Entwicklung. Nun wird mir klar, warum es mich immer geärgert hat, wenn man sagte, mein Sohn sei wie ich – was er ja nicht ist! – ‹Habe ich also nicht die Kraft gehabt, etwas Neues zu schaffen? Wollt ihr sagen, mein Sohn sei nur ein Pfropfreis meiner selbst?› – Und da die ganze Verwandtschaft: alle farblos, alle gleichen einander wie die Bohnen des Pythagoras.

Es gibt heutzutage in den Häusern ein Verzeichnis, das eine Art Selbstzeugnis ablegt: die Telephonliste. Daraus ersieht man den näheren Umgang, die Geschäftsverbindungen; da liest man die wirtschaftliche Lage des Hauses ab; ist der Mietkutscher aufgeführt – deutet es auf gute Finanzlage oder auf Leichtsinn; die Kolonialwarenhandlung zweiter Klasse besagt: Kredit! Der Fleischer, der Gemüsehändler bedeutet: Die Frau kauft nicht selber ein, schlechte Haushaltführung …

Ich werfe einen Blick in das Speisezimmer. Dieselbe abstrakte, aschgraue Öde. Erbsengrüne Tannenmöbel, wie sie mein Vater in der Gesindestube auf dem Land stehen hatte. Kosten: zweihundert Kronen; simpel, aber modern. Ich vergleiche sie mit meinem Eichenmobiliar, das nicht modern ist, aber klassisch und solide; das Buffet gleicht einer Festung, der Tisch ist schwer wie ein Billard, und die Nachbildung des griechischen Tempels und der römischen Basilika kommt nie aus der Mode, denn ihr Stil ist beständig. Ein Widerspruch in sich selbst: Alle konservativen Menschen wollen nach außen hin der Mode folgen; sie wagen es nicht, in Äußerlichkeiten unmodern zu sein. Aber mein Eßzimmer so zu verschandeln! Dort steht das Klavier, dort liegen die Noten zu ‹Le Charme› und zum ‹Sommerlied›. Dort drüben ist das Schlafzimmer mit den grauenhaften Eisenbetten; die Messingstangen ragen empor wie Dampfrohre: Maschinenraum, Marterbänke, Streckbetten, Folterwerkzeuge, die Eiserne Jungfrau … Die Türen zum Korridor und zum Kinderzimmer stehen offen; durch zwei Türspalten sehe ich … ja, meine Tapeten … mein früheres Schlafzimmer, aus dem ein Kinderzimmer geworden ist ... Ich bin bei mir zu Hause, und doch bei einem anderen ... auf dem Buffet des Anrichtezimmers erblicke ich die sechs Saugflaschen, welche die Mutter selbst jeden Morgen im kalten Spülbecken gereinigt hatte. Obschon sie um ihre Hände fürchtete, auferlegte sie sich die schwere Arbeit wie eine Art Wiedergutmachung dafür, daß sie dem Kind nicht die Brust gab. Die Schönheit der Brüste war gerettet, und auch die Hände nahmen keinen Schaden. Ein Wunder! Das ist der adelnde Segen der Arbeit! Die Hände wurden von dem eiskalten Wasser noch weißer.

Auf dem Gesims des Kachelofens sitzt der weiße Buddha, genau wie oben bei mir. Er kam eben zu der Zeit zu uns, als sich das Kind meldete, und mit ihm kam auch ein Stück der Wurzel des Sarothamnusstrauchs, von dem man sagt, er wachse und blühe ohne Wasser und Erde. Die Pflanze wuchs auch tatsächlich unter den milden Blicken Buddhas, trieb Blätter und Blütenknospen, aber dann brach sie ab. Buddha sitzt noch immer da, wartend, geduldig, und wundert sich über die Ungeduld der Menschen.

Nun höre ich Schritte über meinem Kopf, in meiner Wohnung also. Sie kommen von der Küche her, gehen durch den Korridor, über das Parkett des Salons und steuern meinem Zimmer zu. Johanna, die Jungfer, wird nun ihre Neugier an meinem Schreibtisch stillen; ich höre es am Knarren des Schreibtischstuhls. Sie schreibt nun ihrem Bräutigam und leiht sich eine meiner Zigarren aus, bekleckst meine Schreibutensilien und taucht den Federhalter zu tief ins Tintenfaß. – Jetzt ist der Brief fertig; sie geht in den Salon und öffnet das Klavier mit einer Haarnadel. Es hilft also nichts, den Schlüssel zu verstecken. Sie spielt natürlich den Schlager vom alten Noah, denn scheußlichere Musik gibt es nicht; sie plagt damit meine Nachbarn, die sich dafür an mir, dem Unschuldigen, rächen. Ich hatte nicht gewußt, daß Johanna in meiner Abwesenheit den ‹Alten Noah› spielte – nun begreife ich, warum mein Nachbar zur Linken mich mit dem Stück ‹Hinauf in die Luft› foltert, das ebenso schrecklich ist. Jetzt wird es im Salon still; Johanna geht in mein Schlafzimmer und betrachtet sich im Spiegel; kämmen kann sie sich nicht mit meinem Kamm, denn ich trage ihn immer in meiner Tasche, und die Rasiermesser habe ich eingeschlossen. Das bringt mich auf eine Sache, die ich nicht erklären kann. In diesen nüchternen Zeiten ist es Pflicht des Hausherrn geworden, seine starken Getränke unter Verschluß zu halten, um die Dienstboten nicht in Versuchung zu führen. Mein Buffet war verschlossen, aber ich glaubte festzustellen, daß sich der Inhalt der Flaschen verminderte, und vermutete einen Nachschlüssel. Ich schlug einen Nagel in die Schranktür, um Gewißheit zu erhalten, und zwar an einem Morgen. Am Abend, als ich nach Hause kam, geschahen folgende Merkwürdigkeiten: Erst war die Küchentüre abgeschlossen und Johanna nicht daheim; ich konnte nicht an die Wasserleitung. ‹Das ist die Rache›, dachte ich. Aber das war es wohl nicht, denn als ich meinen Reisekoffer zu öffnen versuchte, war das Schloß verklemmt. Das war ein Zufall; aber als ich am selben Abend an den Kleiderschrank wollte, drückte ich selbst das Schnappschloß zu, und man mußte nach dem Schlosser schicken. Das konnte kein Zufall sein, und obschon ich mir den Zusammenhang nicht zu erklären vermochte, nahm ich es als Wink und entfernte den Nagel.

Nun sitze ich hier unten und stelle mir vor, wie ich selber im oberen Stock herumgehe; nach zehn Uhr schlüpfe ich immer in die Filzschuhe, um meine Nachbarn nicht zu stören; ich stelle mir vor, wie ich mich aus ihrer Sicht hier unten ausnehme, wie sie unser Leben da oben beobachtet haben und Zeugen unseres Kampfes, unseres Kindergeschreis, unseres Musikrepertoires waren – bis hin zu dem Tag, als das ewige Schweigen begann, nachdem sich zwei Seelen gerieben, verzehrt und ausgeschaltet hatten. – Jetzt schlägt im Salon ihre Wanduhr: eine dumpfe Abendglocke aus einem kleinen Alpendorf im Tirol oder in der Schweiz; und gleich darauf antwortet meine Uhr von oben mit ihrem klaren, klingenden Ton ... Dann stelle ich mir vor, wie es wäre, wenn die Herrschaften plötzlich nach Hause kämen; ich müßte mich schämen, auf diese Weise eingedrungen zu sein; zu Anfang gewiß in unschuldiger Absicht, aber am Ende doch als Spion. Was würde ich ihnen sagen? Wie würde ich dastehen? Entsprachen diese Menschen meinen Vorstellungen, oder hatte ich sie mir bis zur Unkenntlichkeit umgedichtet? Man pflegt ja aus Menschen, die man nicht kennt, Homunculi zu machen; und aus den Leuten, die man kennt, werden Gespenster, sobald man sie längere Zeit nicht gesehen hat. – Nun läutet oben das Telephon. Meine Johanna nimmt ab, und ich verstehe soviel, daß sie sagt, ich sei nicht zu Hause. Das erinnert mich an mein Anliegen hier unten, und ich blicke auf den Sprechapparat auf dem Schreibtisch, der in Kürze läuten wird, um mir endlich Antwort zu geben auf eine lebenswichtige Frage: Wo ist mein Sohn?»

*

Der Konservator sank wiederum in Schlaf, der bis weit in den Morgen hinein dauerte. Er befand sich allein im Zimmer; die Sonne schien herein und warf ein Schattenspiel an die Wand, wo ein Spiegel hing. Auf der Tapete bildeten sich dunkle Bilder von Männern, die sich bückten, die Arme bewegten, sich aufrichteten, sich wieder bückten; eine der Figuren stand still, hielt eine Karte in der Hand. Der Kranke warf einen Blick in den Spiegel, er sah, wie das Haus, das gebaut wurde, gewachsen war und die Sonne aus dem Sonnenzimmer auszusperren drohte.

Die Krankenschwester kam herein, weiß gekleidet, das rote Kreuz um den Hals.

«Wird man vor die Sonne hinbauen?» fragte der Kranke.

«Es ist Ende Januar», antwortete die Rotkreuzschwester, «die Sonne steigt doch bis zum 24. Juni, und lange vorher schon wird die Mauer zu wachsen aufhören.»

Der Konservator hatte neuen Stoff, über den er nachdenken konnte.

«Das ist wahr. Und am 21. März steht die Sonne am Himmelsäquator, dort, wo der oberste Stern im Bild des Orion kulminiert; dann steigt sie bis Mittsommer dreiundzwanzig Grad höher. Ein Grad entspricht ungefähr drei Mondscheiben, also neunundsechzig Mondscheiben höher, aber ein vierstöckiges Haus ist ... lassen Sie mich überlegen ... vierzig Ellen ... ja, doch, der Abstand von dort bis ... ich schaffe es nicht, das auszurechnen. Zu denken, daß man mir auch noch die Sonne aussperrt!»

«Sie haben es doch selbst so gewünscht, Herr Doktor!» antwortete die Schwester.

«Ja, das stimmt, seinetwegen! Wegen des Grünen Auges; nun bin ich wenigstens davor geschützt; man kann nur eines von beidem haben.»

«Warum hassen Sie ihn?»

«Kennen Sie ihn?»

«Ja! Alle Leute kennen sich doch in diesem Land.»

«Das ist wahr, und alle treffen schließlich auf die eine oder andere Weise zusammen. Auch wir sind vielleicht Bekannte?»

Die Schwester betrachtete den Kranken. «Erinnern Sie sich an den Pfarrgarten von Forssa?»

«Aber sicher erinnere ich mich daran.»

«Und an ein kleines Mädchen, das dort in Pension war?»

«Sagen Sie noch etwas mehr!»

«Eines Sonntagnachmittags lockte es Sie in den Garten und zeigte Ihnen, wie man in die Himbeerhecke kriechen konnte, um die verbotenen Früchte zu pflücken. Aber wir wurden von einem Fenster aus gesehen, gerufen und ausgelacht.»

«Ja, nun erinnere ich mich! Das gehört zum Schlimmsten, was ich erlebt habe. Hatten wir uns seit damals wieder getroffen?»

«Ich habe Sie gesehen, aber Sie haben mich nicht wiedererkannt.»

«Sie kennen also auch das Grüne Auge?»

«Ich habe ihn gepflegt.»

«Haßt er mich noch immer?»

«Das tut er wohl.»

«Aber nun ist zwischen uns eine Mauer errichtet.»

«Noch sieht man seine Fahnenstange über dem Haus … Sehen Sie, dort im Spiegel.»

«Ja, ich sehe es; und nun bewegt sich die Fahnenschnur; er ist daran, die Fahne zu hissen. Das tut er nur, um mich zu reizen. Nun ist sie ganz oben. Was ist es? Ein gelber Stern auf blauem Tuch; das ist die Fahne des Kongostaates, wo er und ich unsere Affäre hatten.»

«Ich war auch im Kongo.»

«Haben Sie mich denn verfolgt?»

«Es scheint so. – Stimmt es, daß Sie Menschen gejagt haben, um Gehirne zu sammeln?»

«Erzählt man das?»

«Genau das.»

«Und wenn es stimmte?»

«Es ist eine böse Tat.»

«Und im Krieg?»

«Da verteidigt man sein Vaterland.»

«Wie schön! Weder die Russen noch die Japaner haben ihr Vaterland verteidigt; sie kämpften um die Unabhängigkeit Koreas. Verstehen Sie, das lehrt einen, Menschenleben geringzuachten.»

«Wie hoch schätzen Sie denn Ihr eigenes Leben ein?»

«Nun, recht mittelmäßig. Ich bin nie befördert worden, bin also weder ein guter Untertan noch ein hoher Beamter.»

«Warum sind Sie übergangen worden?»

«Weil ... ja, weil meine einfache Erziehung mich naiv gemacht hat. Ich wußte nicht, was schicklich war. Als ich promoviert hatte, erhielt ich eine Geldsumme, um mich zu erholen und zu amüsieren. Ich mietete also eine Kalesche und lud ein unverheiratetes Frauenzimmer mit vorurteilsfreien Gewohnheiten ein – ich tat kein Unrecht. Wir fuhren durch die Drottninggata; wir mußten diesen Weg nehmen, um nach Norrbacka zu gelangen. Die Sonne schien, es war Mittag, es war wunderschön. Na ja, vor der Akademie der Wissenschaften trafen wir auf Professor X, meinen Gönner und Freund. Aber er hatte seine Dame am Arm und ich die meine. Natürlich grüßte ich, und das soll man tun, aber in diesem Fall hätte ich es nicht tun sollen. Das hatte ich nicht begriffen, und deshalb brachte man mich zu Fall.»

«War das denn der einzige Grund?»

«Haben Sie die Absicht, mir die Beichte abzunehmen?»

«Nein, aber Sie sollten sie vor sich selber ablegen!»

«Na ja, es gab noch andere Nachlässigkeiten.»

«Ein Mikroskop und ein paar Bücher, Schuldscheine …»

«Sie wissen wirklich alles. War ich etwa nicht unschuldig?»

«Das Grüne Auge war nicht dieser Meinung, und deshalb bezeichnete er Sie als ungeeignet, junge Leute zu unterrichten. Aber Sie haben sich an ihm gerächt.»

«Selbstverständlich.»

«Aber er handelte richtig.»

«Nicht gegenüber mir!»

«Doch, Sie waren im Unrecht.»

«Wollen Sie nun vor mir beichten?»

«*Ich* muß nicht sterben.»

«Sterben? Wer muß … Ach ja, da gibt es nicht viel zu wählen: Sie oder ich. Also ich.»

Er versuchte zu lächeln, aber es gelang ihm nicht; er wollte noch weitere Fragen stellen, doch er wagte es nicht. Schließlich würgte er hervor: «Aber es geht mir doch besser.»

«Das pflegt immer so zu sein …»

«Was pflegt zu …»

«Das!»

Nach einer Pause entschloß er sich zu fragen: «Wer war der Reiter, der auf dem Pferde saß?»

«Er ließ Sie nach Hause bringen, und sein Name ist …» Sie beugte sich nieder und flüsterte einen Namen.

«Donnerwetter, wie wunderlich! – Und die Damen mit dem Hund?»

«Die Blumen, die dort stehen, sind von ihnen.»

«Stehen da Blumen? Ja doch, bei Gott! – Nachdem nun der Reiter *so* hieß, hießen wohl die Damen *so*?»

Er flüsterte einen Namen, und die Schwester nickte bejahend.

«Welch ein Netz, welch ein Gewebe doch das Schicksal der Menschen ist; alle kennen sich, alle sind verwandt oder auf andere Weise verflochten; ein und derselbe Blutstrom in so vielen Rinnsalen, eine einzige Energie, die gar durch die Körper unserer Tiere fließt. Der böse Wille zweier Damen schießt einen Pfeil ab – ihren Hund; der Pfeil trifft das Pferd, das Pferd tritt den richtigen Mann – und hinter all dem steckt das Grüne Auge mit der Kongoflagge; nicht unmöglich, daß man mit ihnen allen verwandt ist. Man wird in ein Menschengedränge hineingeboren, muß sich mit den Bewegungen der anderen bewegen, tritt den Nächsten auf die Zehen, stößt die, welche am Strand stehen, ins Meer und ist an ihrem Tod schuld, ohne es gewollt zu haben. Jede Bewegung ist für die anderen gefährlich, und trotzdem muß man sich bewegen; ich bin unschuldig und die anderen auch: Wessen Schuld ist es denn?»

Nun begannen die Schmerzen wieder, und das Morphium kam zur Anwendung; dadurch veränderte sich die Persönlichkeit des Kranken, und aus dem skeptischen, verantwortungslosen Weltmann wurde ein anderer Mensch: Der tiefe Ernst des Lebens, die starken Bande der Liebe, das Gebot der Pflicht, das Gefühl der Schuld und Verantwortung stiegen in ihm auf, und die Sehnsucht nach dem Verlorenen – seiner Frau und dem Kind – überfielen ihn mit doppelter Stärke.

«Falkensteinmarsch! ‹Nachtigall›-Aufnahme! – Als ich damals zu wissen bekam, wo etwa sie sich befanden, mietete ich unser Sommerhaus vom Vorjahr in der Hoffnung, die beiden ausgeflogenen Vögel zurückzulocken. Eine grünende Insel, die durch eine kurze Brücke mit dem Festland verbunden war, wo der Badeort lag; auf der Insel stand ein Haus, ländlich und gemütlich, aber sehr geräumig, auf daß ‹Ihre Gnaden› auch genug Platz hätten, ein Bootssteg und ein Badehaus.

Das war im letzten Jahr; meine Frau war auf einer Reise nach Paris; ich zog mit dem Kind und den Dienstmädchen hinaus. Drei Wochen lang warteten wir, mein Sohn und ich, auf die Mutter. Der Frühling war spät, wir kamen aufs Land, als die Schlüsselblumen blühten; das Knabenkraut folgte, aber der Flieder ließ auf sich warten. Wenige Tage vor Mittsommer schließlich sprangen die Knospen auf. Ich hatte frisch tapezieren lassen, neue Gardinen aufgehängt, geputzt und gefegt. Und dann kam sie! – In den folgenden vierzehn Tagen war mein Leben reich, voll, harmonisch, intensiv. Ich wußte, wie ungesichert es war, aber gerade deshalb vermochte ich zu empfangen und zu geben. Ich lebte in einem Rausch, der einmal vergehen mußte. Wie war sie schön; wie war das Kind schön; am schönsten aber waren sie beide zusammen. Ich erinnere mich an die frühen Stunden der Samstage – an einen Samstagmorgen, als das Boot des Gärtners an meiner Brücke anlegte; ich stand um sechs Uhr auf, die Sonne schien frisch auf das taufeuchte Gras, das Boot lag an der Brücke, beladen mit allen Herrlichkeiten des Sommers. Ich kaufte junge Erbsen, neue Kartoffeln, Radieschen, Spargel, Erdbeeren – und Rosen. Darauf nahm ich mein Boot und überprüfte die Angelplätze im Schilf unter *ihrem* Fenster, wo *sie* noch schliefen hinter den blauen Gardinen. Als all dies erledigt war, ging es auf sieben Uhr zu; das Bäckermädchen kam mit den Frühstücksbrötchen, das Dienstmädchen öffnete die Küchentür, es knisterte im Herd; und bald stieg ein blauer Rauch aus dem Schornstein. Das Schlafzimmerfenster wurde aufgestoßen, und ich trat mit meinen Gaben ein, als Kanephore mit dem Opferkorb, und ich bestreute sie mit Rosen, streute sie auf das weiße Laken und die Spitzen, auf ihre schönen, jungen Körper; die Fenster zu dem lichten Raume mit seinen weißen Möbeln standen offen, der Meerwind strömte zwischen geblümten Gardinen hinein und hinaus, die Vögel zwitscherten, die Laubbäume rauschten, die Wellen plätscherten. Der Jubel des Kindes und das Lachen der Mutter wurden unterbrochen von dem Mädchen, welches das Frühstück hereinbrachte.

Zum Glück des Hauses gehörten zwei Angestellte, die ihre Arbeit gewandt verrichteten; sie waren sauber, still und höflich, verbreiteten Wohlbefinden um sich und hielten die Haushaltsmaschinerie in ruhigem Gang, ohne sich zu beklagen und ohne Streit. Eine gewisse patriarchalische Intimität herrschte zwischen der Hausfrau und den Mädchen, so daß ich mir in solcher Umgebung ganz beneidenswert vorkam, abgesehen davon, daß ein zufälliger Wohlstand das Hauswesen mit einem Hauch von Reichtum und damit von Schönheit umgab. Das war Glückseligkeit!

Abends, wenn das Kind im Bett war, saß ich mit der Mutter allein in dem netten Wohnraum. Meist spielte sie auf dem Klavier, aber die Musik war für mich eher eine Untermalung ihrer Schönheit, denn ich schaute mehr als ich lauschte. Auch wenn wir miteinander sprachen, genoß ich mehr den Ausdruck ihres Gesichts als ihre Worte, den Wohlklang ihrer Stimme eher als die Gedanken, die sie aussprach. Um Gesprächsstoff waren wir nie verlegen; wir holten ihn aus der Vergangenheit oder der Gegenwart und stellten uns die Zukunft vor; Langeweile kannten wir nicht. Wir mußten uns zwingen, die Abende zu unterbrechen, um den Schlaf nicht zu vergessen. In einer Nacht blieben wir bis zum Morgen auf und mußten uns im Küchenschrank etwas zu essen holen, um wieder zu Kräften zu kommen. Die Sonne war aufgegangen; wir saßen auf der Veranda, und der Sonnenaufgang ließ uns erschauern.

‹Wie lang wird dieses Glück dauern, was denkst du?› fragte sie. ‹Still!› antwortete ich, ‹damit uns niemand hört! *Ne audiat Nemesis!*›* – ‹Es hängt doch wohl von uns ab!› wandte sie ein. ‹Nein, nicht von uns hängt es ab! Wir wünschen den Frieden, wir wünschen uns nichts so sehr als zusammenzubleiben, und trotzdem tritt der Unfriede ein; jemand wird uns trennen.› – ‹Wer denn?› – ‹Das weiß ich nicht!› – ‹Aber dies hier ist ein gutes Haus; die Schwalben bauen unter dem Dach, die Blumen aus den Gärten der Nachbarn haben den Weg auf unseren Hügel gefunden, unsere Dienstmädchen leben in Frieden, das Kind gedeiht; niemand besucht uns hier, denn die Leute wissen, daß sie überflüssig sind ...› – ‹Still!›

Hier muß ich Ihnen doch berichten» (der Direktor war aus seinem Bewußtsein entschwunden, und er sprach nun zur Krankenschwester), «daß jenes gute Haus ein Spukhaus war; das hatte ich meiner Gattin verschwiegen. Als ich im Frühling mit dem Kind und den Dienstmädchen eingezogen war, bekam ich die Geschichte auf folgende

* Damit es die Nemesis nicht höre!

Weise zu hören: Eine schwarze Frauengestalt pflege im vollen Sonnenlicht draußen auf der Wiese den Leuten zu erscheinen, die mit der Ernte beschäftigt seien. Wenn man sich ihr nähere, entferne sie sich, und umgekehrt. Ich vermutete gleich eine optische Projektion unter einer gewissen Brennweite und stellte Untersuchungen an; ich ging von der Überlegung aus, daß die Sonne in eine bestimmte Stellung kommen könne, wo sie durch zwei Fenster quer durch das Haus schien; dann nämlich, wenn eine bestimmte Türe zwischen dem Zimmer der Vorderseite und jenem der Rückseite offenstand; und dann könnte auch ein Interferenzphänomen entstehen. – Als ich die Spuksache schon wieder vergessen hatte, ging ich eines Nachmittags mit dem Kind und dem Kindermädchen an den Strand. ‹Dort kommen Gäste›, sagte das Mädchen. Ich sah eine schwarzgekleidete Dame mit zwei kleinen Mädchen in roten Röcken zum Haus hinaufeilen, und wir folgten ihnen hastig, um sie zu empfangen. Zwei Minuten später waren wir angekommen; wir fragten die Köchin, ob sie Besuch erhalten habe, was sie verneinte. Ohne an den Spuk zu denken, ging ich rund um die Insel herum, um nachzusehen, ob irgendein Boot gelandet sei, aber ich fand nichts. Auch der Übergang zum Land war ihnen abgeschnitten, waren wir doch eben erst über die Brücke zurückgekommen. So ließ ich die Sache auf sich beruhen, ging wieder an meine Arbeit und vergaß die Geschichte, die mir belanglos schien. Einige Nächte später erwachte ich voller Angst; ich sah nichts und hörte nichts, aber ich spürte, daß jemand im Schlafzimmer war. Man fixierte mich, beobachtete mich auf unangenehme Weise. Ich zog die Gardinen hoch; es war schon Tag, der Horizont war von den ersten Sonnenstrahlen erhellt, aber es lag etwas Kaltes, Schauerliches, Beängstigendes in diesem Sonnenschein, den ich zuvor noch nie so empfunden hatte. Angstvoll blieb ich im Bette liegen, bis die Sonne aufgegangen war und mir ins Gesicht leuchtete, meine Decke wärmte und mir den Schlaf brachte.

Am Morgen traf ich das Kindermädchen am Kaffeetisch. Es schien übernächtigt und äußerst begierig, etwas zu erzählen. ‹Habt ihr gut geschlafen?› fragte ich. ‹Na ja›, kam es zögernd, ‹das Kind hat die ganze Nacht geschlafen, aber Sigrid konnte in der Küche keine Ruhe finden; sie kam zu uns herein und bat, auf dem Boden übernachten zu dürfen.› – ‹Warum denn das?› – ‹Sie sagte, daß es bei ihr spuke.› – ‹Sah sie denn etwas?› – ‹Nein, sie sah nichts und hörte auch nichts, aber sie spürte etwas, das ihr Angst einflößte.› – ‹Spukt es denn hier?› Da lächelte das Mädchen skeptisch, und das Verhör war zu Ende.

Mit den Schwalben ging es auch nicht ganz richtig zu. Als ich im Frühling hinauskam, waren keine Schwalben zu sehen. Rotschwänzchen, Bachstelzen und Laubsänger hatten angefangen, die Bäume, Büsche und Dachrinnen zu untersuchen, und ich freute mich über die muntere Gesellschaft. Auch ein grauer Fliegenschnäpper begann in einem Loch, wo der Telephondraht ins Zimmer führen sollte, sein Nest zu bauen. Und dann kamen die Schwalben; doch es waren Turmschwalben, diese kleinen schwarzen Falken, grausame, wilde Räuber. Alle kleinen Singvögel wurden vertrieben, und das Nest des Fliegenschnäppers wurde hinausgeworfen. Diesen Haß der Turmschwalben auf den grauen Fliegenschnäpper hatte ich schon im Sommer zuvor andernorts bemerkt, wo die schwarzen Vögel den grauen töteten, der auf einer Veranda gebaut hatte. Nun denn, der erwartete Gesang der Vögel blieb aus, und statt dessen ertönten die wilden Schreie der Schwalben.

Dies alles hatte ich ihr verschwiegen, um ihre Illusionen zu bewahren, und als wir nun an jenem Morgen auf der Veranda saßen und unser Glück priesen, wollte ich sie auch nicht aus ihrem seligen Traum reißen, sondern ihr bloß ein kleines Warnzeichen geben.

Als wir so dort saßen, erschien über den Wipfeln der Fliederbüsche eine kleine weiße Brigg und schickte sich an zu wenden. Als sie sich näherte, sahen wir, daß es ein großer Kutter war, der aber mit der ungewöhnlichen Takelung einer Brigg versehen war. Er kam immer näher, hielt auf unsere Landzunge zu. Noch verbargen die Segel die Passagiere, aber gerade bei der Landspitze unter unserer Veranda wendete er; die Segel flatterten, das Boot drehte und legte achtern bei, und wir sahen die ganze Gesellschaft auf Heckbord Kaffee trinken. Das Steuerrad quietschte, die Segel klatschten, das Wasser schäumte; und mitten in diesem ganzen Lärm hörte ich eine Stimme sagen: ‹Dort oben wohnt Gustav.› Die Stimme kam mir bekannt vor, aber meine Frau hörte sie nicht. Der Kutter drehte gegen den Wind, die Segel wurden eingezogen, der Anker ausgeworfen. Da lag er nun, nur ein paar Seillängen von unserer Insel entfernt, weit genug entfernt indes, daß die Stimmen uns nicht erreichen konnten.

Aber mich überkam ein beklemmendes Gefühl, und eine Ahnung stieg in mir auf: ‹Das Unglück hat auf deiner Reede geankert. Hab acht bei Luv!›

Ich schlief bis gegen Mittag, ich hatte wirre Träume und hörte immer wieder die Schicksalsstimme vom Kutter her; aber als ich wieder hellwach und ausgeschlafen war, hatte ich über das ganze Geheimnis Klarheit gewonnen; ich wunderte mich einzig darüber, es nicht schon tags zuvor durchschaut zu haben; ich konnte es mir nur damit erklären, daß ich es nicht hatte wissen *wollen.* Ich wollte einen fremden Strom von mir fernhalten, der meine Kompaßnadel hätte ablenken können, und darum hatte ich all dies Feindliche nicht in mein Bewußtsein eindringen lassen. Es waren meine Verwandten, die Nachkommen des Bruders meines Vaters, die mir auf Grund einer Unverträglichkeit des Blutes immer unsympathisch gewesen waren. Es war auch immer erzählt worden, der Bruder meines Vaters habe ihn ruiniert und ihn dann mit seiner Familie im Stich gelassen, bis zu dem Tag, als der Onkel, den man für reich hielt, seinerseits als ruinierter Mann starb und sieben unversorgte Kinder hinterließ.

Vor diesem Unglück beugte sich mein Vater, der sonst ein harter Mann war; er trat mit der Witwe wieder in Verbindung, stützte sie mit Rat und Tat und nahm einen der Söhne in seinem Hause auf.

Aber zwischen den beiden Stämmen, meinen Geschwistern und meinen Vettern, herrschte immer eine gewisse Kälte. Die Kinder meines Onkels hatten alle schwarzes Haar und braune Augen, große weiße Zähne und eine Anlage zur Besserwisserei, zu Kritik und Witzeleien. Nie vermochte man ein ernsthaftes Gespräch zu Ende zu führen; immer wurde man durch einen witzigen Spruch unterbrochen. Es war ihnen ein Vergnügen, andere zu reizen und zu demütigen, und ich pflegte immer zu schweigen, wenn ich in ihre Gesellschaft kam. Aber das half mir nichts, denn dann wurde sogleich einer der Jüngeren mit einer unschuldig klingenden Fangfrage vorgeschickt, und wenn ich sie nicht beantworten konnte, lachten sie mich aus. Eine Abneigung gegen die ganze Familie entwickelte sich in mir, und ich begann sie zu hassen. Unter Haß verstehe ich jenen Verteidigungszustand gegenüber schlechten Beeinflussungen, eine berechtigte Notwehr der Persönlichkeit. Ich hatte einen jüngeren Bruder, der seit dem frühen Kindesalter mein Freund gewesen war; er wurde auf die braune Seite hinübergezogen, verließ mich und kam nie wieder zurück. Ich wollte nicht mehr mit ihm verkehren, denn er war im feindlichen Stamm ganz aufgegangen; er hatte ihre Anschauungen und ihr Verhalten angenommen und war so erfüllt von der ganzen dunklen Art, daß er immerzu von ihnen sprechen mußte, wenn er nur den Mund auftat.

Der Bruder verheiratete sich, aber ich brachte es nicht über mich, an der Hochzeit teilzunehmen; seit diesem Tage haßte mich seine Frau und lief ihrerseits mit Haut und Haar zur braunen Seite über.

Seither waren Jahre vergangen; der älteste Vetter war vermögend, verheiratet, hatte Kinder und ein Boot; mein Bruder war ein enger Freund der Familie und segelte im Sommer mit ihnen. Es war die Stimme seiner Frau, die ich bei jenem Wendemanöver gehört hatte; die Stimme meiner Schwägerin. – Als ich aufgestanden war, ging ich zum Badehaus hinunter, nahm mein Fernglas mit und stellte fest: Der Kutter war verlockend; das weiße Deck aus glattem Holz, die Luken mit Mahagoni eingefaßt, Messingknöpfe, zwei Kajüten, Pantry, Logis. Und die ganze Verwandtschaft war an Bord. Meine Frau, wie andere Frauen auch, hatte sich vor meiner Verwandtschaft geängstigt, und ich hatte sie vor dem Druck, diesem Übergewicht verschont, welche eine zahlreiche Familie auf der Seite des Mannes mit sich bringt; ich als Mann aber hatte ihre Verwandten hingenommen. Ich wollte sie frei sehen und nur in jenen Rahmen eingefaßt, den die Natur ihr gegeben hatte; deshalb kannte sie meine Angehörigen nur flüchtig und fürchtete sie auf Grund meiner Schilderungen; aber wenn sie auf mich böse war, konnte sie sie zuweilen gegen mich in Schutz nehmen und schrieb die Spaltung, deren innerste Gründe sie ja nicht kannte, meiner Unverträglichkeit zu.

Als ich von der Badestelle zurückkehrte, fand ich meine Gattin auf der Veranda, die gegen das Fahrwasser hin lag; sie betrachtete den Kutter. Er lag wie ein Schwan auf dem Wasser, mit hohem Sprung, ausfallendem Scharndeck, schlanken Spieren und Rahen. Ich sah, wie er lockte, und mir wurde angst; ich beschloß, mein Geheimnis nicht aufzudecken. ‹Warum hast *du* denn keinen Kutter?› fragte sie. ‹Weil ich mir keinen leisten kann; und außerdem bringt das noch viel anderes mit sich; zwei Matrosen, die in der Küche herumlungern, den Mädchen den Hof machen und das Bier austrinken; im übrigen ist ein Segelboot wie ein unartiges Kind; man muß ständig ein Auge auf die Vertäuung haben, in der Nacht aufstehen, wenn der Wind sich dreht oder zunimmt, Wasser pumpen, wenn es geregnet hat, die Segel trocknen und festmachen, das Boot anstreichen und reparieren. Nein danke, ich brauche keinen Tyrannen.›

Ich merkte, daß ich in den Wind geredet hatte; und den ganzen Nachmittag saß meine Frau auf der Veranda, fasziniert von dem verhängnisvollen Kutter.

Gegen Abend nahm die Gefahr zu, die Gesellschaft kehrte von einem Ausflug an Land zurück, farbige Lichter wurden angezündet, ein riesiger Phonograph spielte auf – ‹Le Charme›, man kann es sich denken! Gläser und Teller klapperten, und schließlich begann man an Deck zu tanzen. Ich sah, wie meine Gattin litt; der Kontrast zu unserer Einsamkeit brachte ihr zum Bewußtsein, daß sie ein langweiliges Leben führte. Zu allem Überfluß hatte das Kind die Musik vernommen und wollte zum Strand hinuntergehen, um zuzuhören. Als seine kleine Hand die meine ergriff, konnte ich nicht widerstehen, und ich wurde gegen meinen Willen meinem Schicksal zugetrieben. Von den Strandsteinen aus hörten wir ein ganzes Konzert berühmter Sänger und Sängerinnen; darauf folgten Couplets und Monologe. Lachsalven mir bekannter Stimmen wirkten wie Erinnerungen an vergangene Zeiten, wo ich unglücklich gewesen war. Alter Geschlechterhaß, Blutrache, Nemesis-Geschichten tauchten auf; ich versank in Erinnerungen an alte Zeiten, an das unflätige Junggesellenleben mit seinen Variétés und Bierstuben, durchwachten Nächten, roten Augen, schlechtem Atem, Angstschweiß, Erniedrigungen ... Die ganze Gegenwart, das gesunde, schöne, helle Leben wurde ausgewischt, und ich litt darunter, meiner Frau gegenüber unaufrichtig zu sein, indem ich ihr verschwieg, daß ich die Leute auf dem Kutter kannte. Ich wollte ja nicht das Unglück über mich hereinbrechen lassen, und so fühlte ich mich zu schweigen berechtigt, solange ich nicht log.

Wir gingen zum Abendbrot nach Hause, als es auf dem Kutter etwas ruhiger geworden war, aber wir fanden unser Wohlbehagen nicht wieder. Wir schämten uns voreinander für unsere heimlichen Gedanken, und etwas Fremdes war in unser Leben getreten. Ich spürte, daß sie mit ihrer Seele dort draußen geblieben war, und an meiner Seite saß ein Körper, der mir feindlich zu werden begann. Wir vermieden es, uns anzuschauen, und als wir uns vom Tisch erhoben, ging jeder seines Weges.

Als ich am nächsten Morgen aus dem Hause trat, bemerkte ich, daß der Kutter von seinem Ankerplatz verschwunden war, und ich fühlte mich wie nach einem überstandenen Unglück, gerettet mitsamt meinem Kinde. Es war mir unmöglich, meine Freude zu verbergen, als meine Frau zu mir kam. Gewiß, ich machte keine Bemerkung, aber sie ahnte meine Gefühle, und als sie die Ursache entdeckte, wurde sie böse und faßte einen Haß gegen mich, so intensiv, daß das Gift nur so sprühte, doch sie verlor kein Wort darüber. Gegen Mittag kleidete sie sich wie zur Parade an und verschwand dem Badeort zu. Es wurde Mittag, der Tisch war gedeckt, das Kind begehrte zu essen, aber ich wollte warten. Wir warteten eine Stunde, eine weitere halbe Stunde; dann setzten wir uns, der Junge und ich, allein an den Tisch, und es wurde ein trauriges Mahl. Er fragte nach seiner Mama, und ich konnte ihm nicht antworten; der Ring war zerbrochen, der leere Platz wirkte gespenstisch, strahlte Haß und Vorwurf aus. Als wir uns eben erheben wollten, sah ich durch das Fenster zwei Frauenzimmer Arm in Arm unter den Bäumen daherkommen, in guter Laune und vertraut wie zwei alte Bekannte. Es war meine Gattin und – meine Schwägerin. Das Unausweichliche war geschehen. Ich wurde vollkommen ruhig und empfing den Gast. Meine Frau hatte die Bekanntschaft unten am Strand gemacht, war zum Segeln eingeladen worden und hatte auf der Rückfahrt Gegenwind bekommen. Wie schön sie war von der frischen Luft! Sie sah so reuevoll aus, bat so zärtlich um Vergebung, keine Botschaft geschickt zu haben, aber der Gegenwind … und so weiter. Ich war glücklich, sie wiedergefunden zu haben, und als sie den Jungen umarmte, sagte ich ihr, wie froh ich sei, daß sie nach unserer langen

Einsamkeit ein Vergnügen gehabt habe, und ich meinte es aufrichtig. Die Schwägerin wurde gleichsam in unseren Versöhnungskreis mit einbezogen, und ich übertrug einen Teil des Wohlwollens, der meiner Frau galt, auf sie. Sie stand im übrigen etwas verschämt dabei und erwartete wohl einen Vorwurf, ein hartes Wort. Aber als sie merkte, daß sie sich verrechnet hatte und ich sie ohne Erklärungen willkommen hieß, schlugen ihre Gefühle um, und in überbordender Freundlichkeit bat sie für das Geschehene um Verzeihung und machte dann Miene, uns nicht mehr länger stören zu wollen, und zwar auf eine Weise, die mich vollkommen für sie einnahm. So vollkommen, daß meine ganze Furcht verschwunden war und ich mich beinahe freute, als sie erzählte, die Verwandten hätten hier im Badeort ein Sommerhaus gemietet.

‹Sehen wir uns wieder?› fragte sie beim Abschied mit viel Takt, nur den schmerzlichen Zweifel und das bedauernde Gefühl ausdrückend ob der grausamen Gesetze des Lebens, welche die Verwandten trenne. Ich antwortete darauf. ‹Das hängt nicht nur von mir ab.› – ‹Was steht denn zwischen uns?› fragte sie weiter. ‹Ich erinnere mich nicht!› war meine Antwort, ‹aber wir wollen etwas zuwarten und die Dinge sich setzen lassen.› Damit war ein Interim geschaffen worden.

Am Abend blieb ich mit meiner Gattin allein. Sie legte mir ihr Urteil über meine Verwandten dar, die sie alles in allem sympathisch fand; aber sie sprach verständig, reserviert und machte zutreffende Bemerkungen, woraus ich schloß, daß ich die Gefahr in meiner Vorstellung übertrieben hatte. Wir genossen die Einsamkeit des Abends zu zweit; die Fremden hatten uns nähergebracht, gaben uns neuen Gesprächsstoff, da ich alle ihre Lebensgeschichten auswendig kannte und in lockeren Skizzen ihr Porträt zeichnete. Und, eigentümlich genug, ich begann, durch den Kontakt meiner Frau mit ihnen fast so etwas wie Sympathie für sie zu empfinden.

Am nächsten Morgen besuchte die Schwägerin meine Frau, und ich sah, daß sie willkommen war. Aber sie hatte auch eine Botschaft zu überbringen, die Frage nämlich, ob die Verwandten vor dem Mittagessen ihre Aufwartung machen dürften. Die Frage wurde ohne Zögern bejaht.

Dann war der Augenblick gekommen. Gegen ein Uhr trafen sie alle in großer Toilette ein, etwas reserviert und respektvoll; sie sehnten sich nach Versöhnung und Frieden. Ich bemerkte sofort, daß die Jahre und die Lebenserfahrung sie alle belehrt und erzogen hatten. Mein Vetter und mein Bruder, die ich am meisten fürchtete, hatten ihre überhebliche, spöttische Art und die traditionelle Geringschätzung von Verwandten abgelegt, und sie mochten auch mich zu meinem Vorteil verändert finden, denn das Wiedersehen war herzlich, geprägt von einer Wehmut, die besagte, wie sehr man die verlorenen Jahre, die in unnützem Haß vergangen waren, beklage. Jene zwei Minuten, die ich damals erlebte, werden für immer in meiner Erinnerung bleiben als vollkommene Entsprechung meiner Vorstellungen von den Inseln der Glückseligkeit und dem Frieden auf Erden. Die Sommersonne schien, das Wasser war so blau, kein Wind, der sich regte; die Fenster zum Salon standen offen; draußen auf der Veranda und in der Wiese saßen und lagerten Herren und Damen in hellen Festkleidern; Blumen standen auf dem Tische, goldener Wein perlte in den Gläsern mit dem goldenen Rand, aus dem Hause hörte man die Schwägerin Mendelssohns ‹h-moll-Capriccio› spielen; mein kleiner Sohn saß auf den

Knien meines Vetters, dessen Frau, die schon etwas in die Jahre gekommen war, in die Betrachtung der ungewöhnlichen Schönheit meiner Frau versunken war.

Mein Bruder und ich wechselten beim Anhören des Musikstücks einen Blick, denn es hatte in unserem Elternhaus eine gewisse Rolle gespielt. Harmonie und Versöhnung waren aus unserem Schweigen herauszuhören, wurden heimlich heraufbeschworen oder uns aufgedrängt von der gewaltigen Musik. Dann verstummte das Klavier, die Gefühle klangen nach, man begann sich zu entdecken, überbordend vor Seligkeit, Freunde zu sein, und ich verspürte das glückliche Gefühl, daß meine Frau Sympathien gewonnen, sich meine Familie erobert und sie sich zu ihrer Leibwache gemacht hatte. Dann bildeten sich Gruppen; die Anziehungskräfte wirkten, man duzte sich, entdeckte gleiche Neigungen, gemeinsame Bekanntschaften, verabredete sich zu Geselligkeiten, fertigte Einladungen aus; dann trennte man sich.

Und beim Abschiedsglas wagte mein Vetter die schicksalsschweren Worte auszusprechen, die wir alle wiedererkennen: ‹So sollte das Leben immer sein!› – Ja, es *müßte!* – Am Abend trafen wir uns auf neutralem Boden: bei der Kegelbahn; es war ein unschuldiges Vergnügen, und die Jugend unterhielt sich herrlich. Ich habe vergessen zu erzählen, daß mein Vetter zwei Töchter hatte, wohlerzogene, hübsche junge Mädchen, die in ihrer frischen Schönheit überall, wo wir hinkamen, eine Zierde waren. Die Mädchen waren von meiner Frau sehr entzückt, und es entstand eine leidenschaftliche Freundschaft. Alles war eitel Freude, Friede und Liebe. Das einzige, was mich störte, war das Benehmen meiner Schwägerin beim Kegeln; jedesmal, wenn sie besser schob als ich, wandte sie sich mir mit herausfordernder Miene, die ich so gut zu interpretieren wußte, zu: ‹Sieh nur, wie ich dir überlegen bin!› Sie war eben eine von den Frauen, wissen Sie, die in den Apfel gebissen und davon schmerzende Zähne bekommen haben.

Wir nahmen zusammen das Nachtessen ein, Reden wurden gehalten: ‹Wie schön, wenn Verwandte in Eintracht leben.› In meiner Erinnerung ist dieser Tag einer der schönsten meines Lebens. Wir wurden mit großem Geleit durch den Wald nach Hause gebracht, am Tor mit Hurra verabschiedet, und ... als wir den Hügel der Insel hinaufkamen, hörten wir Schreie aus dem Hause dringen, das ganz im Dunkel lag.

Wir liefen, so schnell wir konnten, und fanden das Kind verlassen und ganz verzweifelt, denn die Dienstmädchen waren spazierengegangen. ‹Was für eine Frechheit! Wenn man sich ein einziges Mal amüsieren will!› war alles, was meine Frau dazu sagte, und ich stimmte ihr bei, obschon ich auch uns selber Vorwürfe machte, weil wir uns auf die Mädchen verlassen hatten.

Am nächsten Tag wurde gesegelt. Allein in einem Boot, allein an den Rudern in die Gewässer hinauszufahren, war früher mein großes Vergnügen gewesen. Aber in einem Kutter zusammen mit anderen beschäftigungslosen Menschen eingepfercht zu sein, sich dem Kommando anderer zu unterwerfen, das hatte ich immer gehaßt. Man war ja gefangen, dem Willen anderer und den Launen des immer unzuverlässigen Windes ausgeliefert. Müßiggang erzeugt Nörgeleien, und einige hatten deshalb immer etwas an den Manövern herumzumeckern. ‹Gegen Luv› – ‹mehr an den Wind› – ‹fall ab› – ‹klar zum Wenden› wurde von allen zur gleichen Zeit kommentiert und diskutiert. Die lästige Beschäftigung verlangte nach etlichen Gläsern, und auf See bemerkt man nicht, wenn das Maß überläuft. Nun also, man segelte, nörgelte und trank. Der Wind flaute ab, wie gewöhnlich, und schlug um, so daß wir das Mittagessen verpaßten. Meine Frau sehnte sich nach dem Kind und ich nach meiner Arbeit; man wurde unlustig. Ich ging nach vorne und setzte mich an Deck auf das Oberlicht.

Als ich eine Weile da gesessen hatte, hörte ich Stimmen von der Kajüte herauf. Die eine war jene meines Vetters; sie war halblaut, eindringlich, wollte überzeugen. Ich brauchte nur den Kopf zu wenden, um zu sehen, daß er sich am Tisch meiner Frau gegenüber niedergelassen hatte und sie unterhielt. Keine Rede von Eifersucht oder Anbändelei; diese Sitte pflegten wir nicht, und der Vetter war nicht in dem Alter, wo er sich solcherlei angemaßt hätte. Aber seine Vampirnatur war wieder zum Vorschein gekommen; er blickte in ihre Seele, zog sie zu sich hin, wollte gewinnen, ihr seine Ansichten über alles aufdrängen, Freundschaft schließen, Sympathien und Antipathien wecken, mit einem Wort: mich verdrängen. Er sah aus wie ein Schlangenbeschwörer, machte sich zuweilen klein, um niemanden zu erschrecken, erhob sich dann wieder, um zu imponieren, sprach über Ibsen und Wagner wie von intimen Freunden, deutete seine unerhörte Lebens- und Menschenkenntnis an, er warnte, erklärte. Und sie saß da in seinem Banne, blickte zuweilen mit Furcht und Bewunderung auf ihn, kämpfte aber noch um ihre wirklichen eigenen Ansichten. Dieser Mann besaß ein unglaubliches Vermögen, anderen die Vorstellung einzuflößen, sie stimmten mit seinen Meinungen überein. Ich las meist an seinem Mund ab, was er sagte, oder erriet es an seinen Augen, aber von Zeit zu Zeit drangen auch einige Worte an mein Ohr: ‹Dieses Buch mußt du lesen.› Ich wußte nicht, um welches Buch es sich handelte, begriff aber, daß es eines jener Bücher sein mußte, die *seine* Ansichten vertraten und den meinigen widersprachen. Diese scheinbar unschuldige Kuppelei betrieb er so geschickt wie ein Mörder, und als das Gespräch wegen des Landungsmanövers unterbrochen wurde, hatte er sie vergiftet. Meine Frau und ich stiegen bei unserem Steg an Land, und ich spürte, daß ich neben einem fremden Menschen ging, der voll war von fremden und mir feindlichen Gedanken.

Was nun folgte, hat wohl jeder Ehemann durchlebt; einige haben es durchgestanden, andere sind dabei zu Fall gekommen. Die Invasion begann! Ich sah, wie meine Gattin sich von mir löste, selten zu Hause war. Sie las *seine* Bücher, spielte die Musik der Schwägerin, pflückte *ihre* Blumen und stellte sie dann auf meine Tische. Ich aß *ihre* neuen Gerichte, trank *ihre* Weine, *ihre* Kaffeesorte. Meine Frau kleidete sich in *ihren* Stoffen, mein Kind spielte *ihre* Spiele, sprach *ihre* Sprache. Die Schwägerin trat auf als Medium für meinen Vetter und wurde die Freundin meiner Frau. Langsam fielen die Masken, und die Vampirfamilie machte sich daran, mich an meinem eigenen Tisch zu reizen und zu demütigen. Was sollte ich tun, wo es niemanden gab, auf den man eifersüchtig sein konnte? Ich wies die Besuche ab, erwiderte ihre Wärme mit Kälte, verschloß meine Tür. Aber sie verstanden mich nicht und kamen durch die Küche herein.

Am schlimmsten war, daß sich meine Frau daheim nicht mehr wohl fühlte. Einmal begleitete ich sie zum Restaurant, weil sie es liebte, die Musikkapelle zu hören, aber da ich nicht jeden Abend mitgehen wollte, blieb ich allein zu Hause und sah nach dem Kind.

Eines Nachmittags machte ich einen Spaziergang. Beim Tennisplatz traf ich die beiden Mädchen, die Töchter meines Vetters, beim Spiel. Sie luden mich ein, mit den anderen jungen Leuten daran teilzunehmen, und ich hatte nichts dagegen. Wir spielten eine Zeitlang, als ich plötzlich jemanden durch den Wald kommen sah. Ich war von Natur aus nicht boshaft und hatte mich nie an jemandem zu rächen vermocht, den ich liebte; aber in diesem Augenblick genoß ich es, meine Frau mit schreckensblassem Gesicht und flammenden Augen herankommen zu sehen. Ich glaubte, das Heilmittel gefunden zu haben, sagte mir, sie würde aus der Erfahrung lernen, wenn sie nun selbst den Schmerz der Zurücksetzung verspürte; aber als sie bei uns war und ich ihre unverhohlene, ohnmächtige Wut bemerkte, über welche die jungen Leute lächelten, ergriff mich Mitleid; ich brach das Spiel ab und begleitete sie – sie, die mich doch im Stiche gelassen hatte. Das war meine Schwäche, daß ich mich nicht rächen und niemandem weh tun konnte, ohne selbst zu leiden; und deshalb mußte ich untergehen. Sobald ich ihr das Versprechen abgelegt hatte, mich nie mehr mit den Mädchen abzugeben, nahm sie ihre Ausflüge wieder auf, ohne sich jedoch auf einen Flirt einzulassen. Als ich dazu meine Bemerkungen machte, warf sie mir meine Tennismädchen vor! Das löste die Krise aus. In nur vierzehn Tagen war meine Frau verwandelt, ‹umgepolt› worden, hatte ihren Geschmack, ihre Neigungen, Sympathien und Gewohnheiten geändert. Während sie früher die Abgeschiedenheit im eigenen Heim geliebt hatte, fühlte sie sich nun zu einem Leben außer Haus hingezogen, und zumeist und am liebsten ging sie abends aus. Seitdem ich sie gebeten hatte, um ihr Ansehen und ihren guten Ruf besorgt zu sein, und sie darauf geantwortet hatte, das gehe mich nichts an, erklärte ich ihr ganz offen, ich würde alle Haustüren abschließen, wenn sie fortfahre, ‹abends auszugehen und herumzustreichen wie ein Dienstmädchen›. Darauf zog ich mich vom geselligen Umgang zurück und blieb allein zu Hause. Eines Abends kam sie gemeinsam mit der Schwägerin zurück; sie waren beide vergnügt; aber ihre gute Laune war von der lärmenden und gefährlichen Sorte, die leicht in Übermut und Bosheit umschlagen kann. Ich paßte mich indessen gleich an und bat sie, zum Abendessen zu bleiben, da wir etwas Gutes anzubieten hatten. Ich hatte es auf die Schwägerin abgesehen, stimmte allem zu, was sie sagte, schenkte Wein ein bei Tisch und Liköre zum Kaffee. Das Gewitter, das mir zugedacht war, blieb aus; ich bestimmte die Richtung des Gesprächs und der Scherze, verhalf dem Abend zu vollem Gelingen in unablässiger Heiterkeit. Gegen elf Uhr begann die Schwägerin schweigsam und bleich zu werden und mit ihren Blicken die Türe zu suchen. Ich ahnte, wie es um sie stand, und begleitete sie hinaus. An der frischen Luft wurde ihr schlecht; sie fiel in sich zusammen und setzte sich ins Gras. Meine Frau kam hinzu, erfaßte die Lage der Dinge und bat mich mit einem zornigen Blick, wieder ins Haus zu gehen, was ich auch tat. Ich hörte die Stimmen der beiden Dienstmädchen, das Gerassel der Bootsketten und Ruderschläge, und nach längerer Zeit betrat meine Frau das Zimmer und ließ ihre ganze Wut an mir aus. Da sie mir, was den Rausch der Freundin anging, keine Vorwürfe machen konnte, suchte sie nach einem anderen Grund und hatte ihn gefunden: das Boot. Es war zur Hälfte mit

Wasser gefüllt, da es tagsüber geregnet hatte; das war nun mein Fehler, und sie fiel über mich her. Da brauste ich auf und zerschnitt den ganzen Lügenknäuel: ‹Bist du nun *mir* böse, weil *sie* sich schlecht aufgeführt hat? – *Ihr* mußt du böse sein!› Nein, das wollte sie nicht, da wäre ja der ganze Neubau eingebildeter Freundschaft, von Sympathie und modernen Anschauungen (Anschauungen von 1840!) zusammengestürzt. Am nächsten Morgen, als ich aus dem Haus trat und die Bescherung entdeckte, wollte ich die Dienstmädchen nicht in die Geschichte hineinziehen, sondern ging zu meiner Frau. ‹Sag bitte den Mädchen, daß sie auf der Veranda saubermachen, bevor das Kind herauskommt.› Sie verstand nicht. Ich erklärte mich deutlicher. Da leugnete sie die Tatsache. Ich bat sie, hinauszugehen und nachzuprüfen, was sie bereits wußte. Das wollte sie nicht! Vor einem solchen Abgrund von Boshaftigkeit und Lüge wurde mir schwindlig, aber ich hoffte, die gefährliche Freundschaft werde nach dieser widrigen Geschichte abflauen. Das Gegenteil war der Fall. Gegen Abend bekam ich zu wissen, daß ich meine Schwägerin absichtlich betrunken gemacht habe und daß diese übrigens nicht berauscht gewesen war, sondern sich bloß etwas verkühlt hatte ... Wie konnte ich sie betrunken gemacht haben, wenn sie gar nicht berauscht war? In ihrer eigenen Schlinge gefangen, fand sie keine andere Antwort mehr, als mich einen Wüstling zu nennen, und daraufhin verzog sie sich auf ihren Abendausflug. Ich saß allein im Wohnzimmer; das Kind schlief; es war neun Uhr. Es ging ein starker Wind, und der Himmel war schwarz, denn der Herbst hatte begonnen. Die Haustüre knarrte, und man konnte sich nicht auf das Schloß verlassen. Da kam mir die Idee, sie an diesem Abend auszusperren. Ich holte mir deshalb einige grobe Schnüre, vergessene Segelleinen eines Kutters, und band Schloß und Klinke fest. Dann kehrte ich wieder an meinen Platz im Salon zurück, zündete mir eine Zigarre an und dachte über mein Schicksal nach.

Es gab doch ein Fatum, das die Lebensläufe der Menschen ineinander verflocht. Da waren diese Fügungen, denen man nicht entgehen konnte; etwas Vorausbestimmtes also, das in der Geburt, der Vererbung, der erblichen Belastung, der Abstammung verborgen war oder seine Wurzeln in etwas Unbekanntem hatte, das die Menschen aus Feigheit nicht zu erforschen wagten. Der Familienzweig, vor dem ich mich immer durch meinen instinktiven, gesunden Haß geschützt hatte, war nun wie eine Giftschlange auf mich zugekrochen, hatte meine Ehe zerfressen, war im Begriffe, mich von Frau, Kind und Heim zu trennen. Ich hatte dies schon vor meiner Heirat vorausgesehen, war in Verteidigungsbereitschaft geblieben, aber schließlich gelähmt worden von der fixen Idee, daß mein Schicksal unausweichlich sei. Mein Bruder war in der ganzen Sache zwar nicht aktiv hervorgetreten, aber er gehörte zur bösen Seite; er haßte mich und genoß das Geschehene. Er verriet sich nie mit Worten, aber er hatte sein Gesicht und seine Augen nicht in der Gewalt. So ertappte ich ihn in Gesellschaft, wie er mit einem Blick oder einer Miene seinen Beifall zu erkennen gab, wenn man mir eine Unhöflichkeit sagte. Diese Art, sich hinter anderen zu verkriechen und keine Verantwortung zu übernehmen, reizte mich mehr als alle unausgesprochenen Worte, und ich haßte ihn von allen am meisten, obschon er mir nichts angetan hatte. Den Haß meiner Frau auf mich erklärte ich mir auf dieselbe Weise; sie wußte, daß ich ihre neuen Anschauungen mißbilligte, obschon ich nichts sagte, und sie haßte mich, weil die Freundin sich betrunken hatte, denn es war ihr klar, wie sehr mich das gefreut hatte und wie sehr ich hoffte, dieses Abenteuer würde das Freundschaftsband, welches ich verabscheute, sprengen. Man liebt gewisse Menschen nicht um ihrer Worte oder Handlungen willen, sondern aus geheimen, oft unerklärlichen Gründen; gemeinsame Antipathien vermögen festere Freundschaften zu begründen als gemeinsame Sympathien; aber da alles wechselt, gibt es überhaupt keine Bindung mehr, auf die man sich verlassen kann. Wie ich so über mein damaliges Verhalten nachdachte, überlegte ich mir, ob nicht auch meine Gattin, wenn ich sie gewähren ließe, den elektrischen Strom meiner Verwandten satt bekäme und folglich eines Tages die Pole von neuem vertauschen, den Strom umschalten, sich von ihm sondern und wieder in mein magnetisches Feld eintreten würde. Verhielte ich mich gleichgültig, würde vielleicht der Gegenstrom aufhören, denn ich selbst war es wohl, der durch Influenz die widerstreitenden Kräfte weckte und durch meinen Haß stärkte. Den Kontakt zu unterbrechen, mit anderen Worten: mich von den Stromerregern zu entfernen, das wäre demnach die richtige Methode!

Unterdessen war der Wind stärker und zum Sturm geworden, rüttelte am ganzen Haus; die Wogen des Meeres zischten und schlugen donnernd an den Strand. Ich las in Baedekers ‹Nordost-Deutschland›, suchte Städte und Hotels, wohin ich fliehen könnte, aber es zog mich ins Rheinland, und als ich den Band ‹Nordwest-Deutschland› nicht finden konnte, erinnerte ich mich wieder an eine Geschichte: Meine Frau hatte den ganzen Sommer über Bücher von mir ausgeliehen, aber ich sah sie kein einziges

Mal darin lesen, woraus ich schloß, daß sie sie weiterauslieh. Jedesmal, wenn ich nach einem Buch fragte, bekam ich eine zornige, drohende oder ausweichende Antwort – je nachdem. Am Vormittag hatte ich Baedekers ‹Nordwest-Deutschland› gebraucht, aber nicht danach fragen wollen, um nicht als kleinlich zu gelten, aber auch um ein weiteres Aufflammen des Hasses zu vermeiden. Ich kämpfte lange Zeit mit mir, aber ich benötigte das Buch und wollte nicht auf ein anderes Exemplar aus der Stadt warten. Deshalb fragte ich meine Frau ganz einfach, wo das Buch sei. Da verwandelte sich ihr Gesicht in das einer Furie, und sie schrie: ‹Nie wieder werde ich ein einziges Buch von dir leihen!› Wenn ich diese Antwort nun bedenke, muß ich mir an den Kopf greifen. Sie bedrohte mich mit etwas, das für mich geradezu ein Vorteil war: Sie wollte meine Gefälligkeit, Bücher zu leihen, mit einer Gunst bestrafen. Wo war da die Vernunft? Wenn ein Grashüpfer, ein Löwenzahn oder ein Glimmerstein räsonieren könnte, würde es gemäß solcher Logik geschehen. Aber ich wollte gerecht bleiben und sagte mir: ‹Sie ist nicht in Zorn geraten, weil du das Buch ausgeliehen hast, sondern weil du es zurückhaben wolltest.› Ich nahm die Schuld auf mich: ‹Du darfst Frauen gegenüber nicht kleinlich sein.› Das wußte ich, aber dies war nun doch ein besonderer Fall. Wenn sie mich gebeten hätte, ihr die Bücher zu schenken, so hätte sie sie bekommen. Sicher, die Bitte, etwas auszuleihen, war ja nur eine andere Form der Bitte, sich etwas schenken zu lassen. Sie war im Recht! – Aber als ich mich nun erinnerte, daß das Werk zwei Bände hatte, litt ich an Leib und Seele, weil der eine Teil fehlte; es war genau dasselbe Gefühl, wie wenn etwas entzweigegangen war und geflickt werden mußte. Im übrigen: Warum sollte ich denn etwas entbehren und vermissen um meiner Feinde willen, die mein Heim geplündert hatten? Nein, ich war im Recht, ganz gewiß!

Und dann kehrte ich wieder zu der Drohung zurück: ‹Nie wieder werde ich ein Buch von dir leihen!› – Meine Gedanken fanden sich in diesem Labyrinth nicht zurecht, vermochten diese jähen Stellen am Rande des Abgrunds nicht zu betreten, ohne daß ich von Schwindel ergriffen wurde. Ich versuchte, mir den Gedanken an das Buch aus dem Kopf zu schlagen, versuchte gewaltsam, an Nordost-Deutschland Gefallen zu finden; aber im ganzen Zimmer sah ich den Rhein und die Rheinburgen: auf den Tapeten, dem Lampenschirm, auf dem Servierbrett, den Rollgardinen ... Ich mußte dorthin, mußte es jetzt im Augenblick auf der Karte sehen, die Züge herausschreiben, die Hotels bestimmen. Das Buch war hier auf der Insel, aber ich, ich konnte es nicht kriegen! Warum denn nicht? Darum ... Nein, ich vermochte darauf keine vernünftige Antwort zu formulieren. Und ich hatte mindestens zwanzig Bücher ausgeliehen – an meine Feinde, durch *ihre* Vermittlung. Und diese wahnsinnige, unergründliche Drohung blieb bestehen: ‹Nie wieder werde ich ein Buch von dir leihen!› – Es wäre an mir gewesen zu sagen: ‹Du darfst keine Bücher mehr von mir leihen, denn du gibst sie ja nicht zurück.› Diese vernünftige Antwort hatte sich in ihrem Spiegel ins Gegenteil verdreht, nachdem sie von ihrem neuen Gesellschaftskreis umgestimmt worden war, so daß sich alles, was sie sagte, in Lüge verwandelte. Die ganze letzte Zeit war ich auf solche Art von dieser Lügenluft vergiftet worden.

Eines Tages, als ich nicht mit dem Kutter ausfahren wollte, hatte sie gesagt: ‹Du hast Angst vor dem Segeln!› –

‹Nein, aber ich verabscheue das Segeln im Kutter. Ich bin am Meer aufgewachsen, und ich selbst habe meinem Bruder und meinem Vetter das Segeln beigebracht.› Sie wollte mich als Feigling hinstellen. ‹Du hast Angst vor Hunden›, sagte sie ein anderes Mal. ‹Nein, nein, ich brauche sie als Jäger, aber ich verachte sie.› Sie wollte mich zum Geizhals machen. ‹Lade mich zu Champagner ein›, sagte sie am Abend eines gewöhnlichen Werktages. ‹Nein, das vermag ich nicht!› antwortete ich. ‹Aber Bücher kaufen, das vermagst du.› – ‹Ich muß mir wohl mein Werkzeug kaufen!› Aus unerfindlichen Gründen haßte sie nämlich meine Bücher.

Sie wollte einen Schürzenjäger aus mir machen und hielt mir ständig mein unschuldiges Tennisspiel vor; außerdem warf sie mir vor, mit den Dienstmädchen zu freundlich zu sein. Es gab schließlich kein Laster, keine Untat, die sie mir nicht vorgeworfen hätte, aber es waren allesamt ihre eigenen Fehler, denn sie war feige, geizig, verlogen, kokett, eitel und diebisch. Es kam mir vor wie eine *satisfactio vicaria**, daß ich mit ihren eigenen Fehlern belastet werden sollte; ich wurde ihr Kreuzträger, litt für ihre Schuld, nahm ihre Boshaftigkeit in mich auf; ich fühlte mich langsam selbst unrein und litt unter dem Schuldbewußtsein, das sie hätte tragen müssen. Meine eigene Persönlichkeit war in Gefahr, und ich mußte fliehen, denn ich begann mir einzubilden, ich sei schlecht, was ich, wenn ich kühl darüber nachdachte, an mir nicht feststellen konnte. Ihre Anschuldigungen fielen wie Tropfen auf mich nieder, dicht und stetig; sie verdichteten sich zu festen Meinungen, zu Fakten, auf die man

---

* stellvertretende Genugtuung – bezeichnet das stellvertretende Leiden Christi

hinwies wie auf bekannte Tatbestände. So hatte mich mein Vetter bei einer Gesellschaft spaßhaft einen Schürzenjäger genannt; damit war das Tennisspiel gemeint. Über der Lüge wurden Türme errichtet, die ich nicht mehr niederreißen konnte. Ich lebte in einer verfälschten Welt, aus der ich fliehen mußte.

Der Sturm war noch stärker geworden; der Wind hatte umgeschlagen. Ich hörte die Turmschwalben unter den Dachziegeln wimmern. Ein Baum neben dem Haus schlug mit den Ästen gegen die Wand, und ich war bereit, jeden ungewöhnlichen Laut zu erklären, um nicht in die Spukgeschichte hineingezogen zu werden oder mir von meiner Einbildung einen Streich spielen zu lassen. Plötzlich hörte man draußen ein Flattern wie von gewaschener Wäsche oder gestärkten Röcken, das ich mir nicht gleich erklären konnte und das mich zu beunruhigen begann; darauf begann ein wilder Tanz, und als ich aus dem Fenster blickte, sah ich zwei weiße Fetzen, die sich verfolgten, einander anfielen, sich trennten, sich wiederfanden. Es waren zwei Zeitungen, die man auf der Veranda vergessen hatte.

Nun ging ich ins Nebenzimmer, um mich zu vergewissern, ob das Kind noch zugedeckt sei. Es stimmte. Der Junge kniete in seinem kleinen Bett vornübergebeugt, hielt die Arme weit nach vorn gestreckt und glich einem Morgenländer beim Gebet. Ich deckte ihn wieder zu und kehrte ins Wohnzimmer zurück. Als ich aus dem Zimmer trat, stand meine Frau vor mir. Sie zitterte am ganzen Leib, und auf ihrem Gesicht bekämpften sich zwei Regungen: der Schreck und der Zorn.

‹Warum hast du mir nicht gesagt, daß es hier spukt!› fuhr sie mich an. ‹Weil ich nicht daran glaubte und weil ich dich schonen wollte.› – ‹Warum hast du die Tür zugesperrt?› – ‹Damit sie nicht auf- und zuschlägt in diesem Sturm.›

Es entstand eine Pause. Danach nahm ich das Gespräch wieder auf – gleichsam um ihr eine Brücke zu bauen.

‹War es nett heute abend?› Sie überlegte ein wenig und wendete die Antwort im Munde hin und her. ‹Ja natürlich, sehr nett!› Ich merkte, daß sie log, um keinen Trumpf aus der Hand zu geben. Dann fragte sie ihrerseits: ‹Hattest du Gäste?› – ‹Nein.› – ‹Wen habe ich denn draußen im Hof getroffen?› – ‹Wie sah die Person aus?› – ‹Eine schwarzgekleidete Dame mit zwei kleinen Mädchen in roten Röcken.›

Da spürte ich ob dem Unerklärlichen eine eisige Todeskälte durch alle meine Adern laufen. Zum Glück bemerkte sie meine Blässe nicht, denn ihre Blicke waren auf den roten Baedeker gefallen. Ihr Gesicht bekam einen neuen Ausdruck von Gram, der in Kummer, in Schmerz und zuletzt in Haß überging.

‹Du willst verreisen, sehe ich.› – ‹Ja.› – ‹Wirfst uns auf die Straße.› – ‹Nein, aber ich will fliehen, bevor du mich umbringst, bevor du mich auf den Abfallhaufen wirfst.›

Sie ging ins Kinderzimmer und schloß die Tür zu. Ich hörte, wie sie ihre Hausschuhe anzog, Lederpantoffeln mit Holzabsätzen, die auf besonders störende Art klapperten. Mit diesen Schuhen pflegte sie mich und das Kind zu wecken, wenn sie nach Hause kam. Der Lärm schien ihr um so größeres Vergnügen zu machen, je mehr er mich reizte. Ich hatte sie freundlich gebeten, leiser zu gehen, um das Kind nicht zu wecken, aber da hatte sie bloß geantwortet: ‹Was kümmerst du dich um das Kind.›

Nun, ich ging zu Bett, in meinem Zimmer, das neben

dem ihrigen lag, und schlief schließlich auch ein, nachdem ich das Klappern der Hausschuhe noch lange im Wohnzimmer und im Korridor gehört zu haben glaubte. Ich mochte eine Stunde geschlafen haben, als mich das grauenvolle Krachen der Haustür weckte. Die Segelleinen hatten sich gelöst; aber da ja der Wind keine Knoten lösen kann, nahm ich an, eine kleine Menschenhand habe es getan. Es packte mich Wut über diese berechnende Boshaftigkeit; ich hörte, wie sie sich drüben in ihrem Bett wälzte, brachte es aber nicht über mich, aufzustehen. Ich wurde von einer solchen Böswilligkeit gepackt, daß mich jeder Schlag der Haustür gegen die Wand mit Genuß erfüllte, denn ich wußte, wie *sie* darunter litt. Als ich mich entgegen ihrer Berechnung nicht erhob, spürte ich, wie ihr Haß durch die Wand strahlte, ein Haß von tiefster Bosheit und mißglückter vorsätzlicher Untat, und mein Zimmer füllte sich mit den giftigen Dünsten. Unterdessen hatte auch die zweite Tür begonnen, auf- und zuzuschlagen, so daß es wie Kanonendonner durchs Haus rollte. Ich rührte mich nicht, litt lieber Höllenqualen im Bewußtsein, daß auch sie litt. Da geschah etwas, das mich mit neuem Grauen erfüllte und das ich mir nie habe erklären können: Mein Zimmer lag zum Flur hin, welcher das ganze Haus durchquerte, auf der einen Seite ins Hausportal mündete und auf der anderen in die Veranda, welche jetzt mit Glastüren verschlossen war. Da begann plötzlich ein Galoppieren durch den Flur, wie wenn hundert und aberhundert barfüßige Menschen durchs Haus trabten ... Ich wagte nicht, meine Tür zu öffnen und nachzusehen, was vorging, sondern blieb liegen, darauf gefaßt, an den Angstschauern, die mich überliefen, langsam zu erfrieren. Meine Frau richtete sich im Bett nebenan auf – ich hörte es am Geräusch der Sprungfedern –, aber sie wagte nicht zu sprechen. Wie lange das Galoppieren dauerte, weiß ich nicht, es hörte jedenfalls auf, und gleichzeitig legte sich der Wind oder schlug um, denn bald wurde es still, und ich schlummerte ein.»

*

Der Kranke hörte zu sprechen auf und fiel in einen langen Schlaf. Als er wieder erwachte, sah er im Spiegel, wie der Bau bis zum Dachstuhl gewachsen war; aber der Knopf an der Spitze der Fahnenstange seines Feindes war noch sichtbar. Die Sonne hatte ihren höchsten Punkt erreicht und schien ins Zimmer hinein.

«Wie steht es mit mir?» fragte er die Schwester. «Was sagt der Arzt?»

«Wollen Sie es wirklich wissen?»

«Ach so, da sind wir angelangt. – Glauben Sie, es ist alles zu Ende, wenn es zu Ende ist?»

«Nein.»

«Sind Sie Pietistin?»

«Ich bin gemäßigte Christin.»

«Da glauben Sie wohl auch an die Hölle?»

«Das ist keine speziell christliche Lehre.»

«Aber doch; das fröhliche Heidentum kannte so etwas nicht.»

«Sagen Sie das? Haben Sie denn den Tartarus der Griechen vergessen, wo die Danaiden mit dem Sieb Wasser schöpfen, Ixion den Stein rollt*, Tantalus seinen Durst

---

* Irrtum des Sprechers. Gemäß der griechischen mythologischen Tradition wurde Ixion zur Strafe für seine Hybris auf ein nie ruhendes feuriges Rad geflochten. Sisyphus muß den Stein rollen.

nicht stillen kann; erinnern Sie sich nicht an die ewige Dunkelheit, den Feuerstrom, die brennenden Öfen, giftigen Seen, die Furien und Ungeheuer?»

«Doch, nun erinnere ich mich. Aber daß die Untaten der Väter an den Kindern gerächt werden – das ist nicht Teil der so männlichen Lehre der Antike von der persönlichen Verantwortung.»

«Hören Sie, wenn man Morphium bekommen hat, sollte man nicht über Religion nachsinnen. Erinnern Sie sich denn nicht an Ödipus, dem das Orakel voraussagte, er werde der Mörder seines Vaters sein und der Gatte seiner Mutter? Das alles geschah gegen seinen eigenen Willen, und die unschuldige Tochter Antigone verbrachte ihr Leben in Marterqualen, bis sie sich schließlich erdrosselte*, um nicht lebendig begraben zu werden. So steht es mit dem schönen Heidentum.»

«Wenn man bedenkt, wieviel Unsinn man mir erzählt hat ... ich kann ja meinen Mund nicht öffnen, ohne eine Unwahrheit zu sagen; am besten schwiege ich, aber dieses Morphium macht mich redselig.»

«Warum sind Sie so böse auf Gott, und besonders auf Christus?»

«Ich weiß es nicht. Das wird einem so eingetrichtert, und später redet man es nach.»

«Haben Sie irgendeinen Beweis, daß Sie mit dem Tod zu existieren aufhören?»

«Nein, aber haben Sie einen Beweis für das Gegenteil?»

«Nein, keinen Beweis, für den Sie empfänglich wären. Deshalb sollten wir die Frage offenlassen und nicht kate-

* Antigone erhängte sich.

gorisch zu Ihrem Vorteil beantworten. Im übrigen ist es ja möglich, daß gewisse Seelen für ein Weiterleben bereit sind, während andere sich erst auflösen müssen, um gleichsam umgegossen zu werden. Und möglich ist auch, daß diejenigen, welche nicht an die Unsterblichkeit der Seele glauben, vernichtet werden, da sie schon ein Vorgefühl davon haben. Und beide Teile haben wohl recht. Wer sagt ‹mein einziges Leben›, der besitzt wohl auch nur dieses eine.»

«Ist das denn logisch?»

«Gewiß! Denn vom Einzelnen kann man nicht auf das Allgemeine schließen. Einige Menschen sind Neger, aber daraus folgt nicht, daß alle Menschen schwarz sind.»

«Warum sprechen Sie von den Negern?»

«Ach so, Sie denken an den Kongo!»

«Stimmt es, daß ich noch einmal operiert werden soll?»

«Ja. Der Arzt muß noch einmal nachsehen, wo die inneren Verletzungen liegen.»

«Verd...!»

*

Der Kranke wurde in einem Wagen ins Krankenhaus überführt, man öffnete, untersuchte, nähte wieder zu und brachte ihn zurück.

Als er erwachte, begann sich die Walze seines Hirn-Phonographen erneut zu drehen, gab alle letzten Erinnerungen und Eindrücke wieder; in genauester Ordnung, als seien sie «eingespielt» worden.

«Wo blieb ich stehen? Ja doch, ich floh in meinem Segelboot, aber nicht ohne erst die roten Pantoffeln aus dem

Haus geschleudert zu haben; sie blieben in den obersten Zweigen der Stranderlen hängen. Ich verbrachte den ersten Teil des Herbstes einsam in meiner Stadtwohnung und möblierte sie nach meinem Geschmack um. Die Einsamkeit war anfangs herrlich; ich wußte, daß sie eine möblierte Wohnung gemietet hatte, aber ich sah sie nie. Da kam eines Abends ein Telephonanruf: ihre Stimme, weich und versöhnlich. Wir traten wieder in Verbindung, aber wir zogen nicht zusammen, und wir verlebten damals, wie Sie wissen, unsere beste Zeit; mehr als ein Jahr. Aber dann begannen die Krisen wieder, und der Phonograph führte zur Explosion. Wahrscheinlich fiel die Rückkehr der Freundin in dieselbe Zeit und war die eigentliche Ursache des Bruchs ... Falkensteinmarsch! ‹Nachtigall›-Aufnahme! Und dann verreiste sie, floh mit dem Kinde, ich rief an, fand ihre Spur und mietete das Spukhaus in der schwachen Hoffnung, die Vögel zurückzulocken.

Wieder saß ich auf dieser schönen Insel, wo das Leben für mich auf einen Schlag so häßlich geworden war. Ich bereitete mich vor, wie wenn ich sie ganz gewiß erwartete. Die Brücke, auf der sich einige Planken gelockert hatten, wurde repariert, im Gedanken an ihre Füße und an jene des Kindes. Ich sammelte Glasscherben im Gras, damit sich der Kleine nicht verletzen könne, wenn er erst Schlüsselblumen und dann Walderdbeeren pflückte. Der Sandhaufen wurde neu aufgeschüttet, die Schaukel repariert und gemalt, das Spielzimmer in Ordnung gebracht, das Badehaus gefegt.

Eine Veranda lief rund um das Haus, und da wanderte ich hin und her, blickte durch die Fenster hinein ins Haus und erinnerte mich an alle Szenen des vergangenen Sommers; an die schönen und an die häßlichen. Ich sah mich mit ihr im Wohnzimmer während der ersten guten Zeit, abends bei der Lampe, beim Piano, wo ich ihre junge Schönheit bewunderte ... ja ... Aber ich sah sie auch am Morgen wieder vor mir, in einem häßlichen Frisiermantel oder salopp, ungekämmt, wie eine Furie, mit krummem Rücken, hängenden Strümpfen und klappernden Hausschuhen – das Scheußlichste, was mir je zu Gesicht gekommen ist; aber sie glaubte sich unwiderstehlich. Später ging sie schlecht angezogen umher, in einem langen Überkleid aus Stoff, der einer Tapete glich; Dienstmädchenzimmer-Tapete mit Streifen und Blumen; und immer in einer Farbe, die nicht kleidsam war. Wenn ihr Haar herunterhing, schien ihm ihr Gesicht zu folgen, wurde lang und häßlich; sie bekam eine kleine Vogelstirn, abstehende Ohren, wurde vulgär und brutal. Aber wenn sie dann zur Besuchszeit ‹für die anderen› Toilette machte, steckte sie ihr Haar auf, sogleich erhielt sie ihr anderes, zierliches Gesichtchen, und ihr beseelter, niedlicher Kopf war von vorn so beglückend anzusehen wie von hinten. Ihre Figur zeichnete sich unter sorgfältig arrangierten Falten ihres Kleides ab, und die Farben waren auserlesen. Sie wurde ein anderer Mensch.

Ich ging auf der Veranda hin und her und blickte ins Schlafzimmer – ihr Zimmer und das des Kindes – hinein. Das leere Bett mit der blauen Sprungfedermatratze, die weißen altmodischen Möbel, die Gardinen beim Alkoven, das kleine weiße Kinderbett, das danebenstand wie die Jolle beim Mutterschiff; die Bilder an der Wand, alte kolorierte Lithographien, das Fensterthermometer, im Vorjahr vergessen – alles war da, nur die beiden nicht. Ich ging in den Garten hinaus. Der Flieder war verblüht, die Zeit des Knabenkrautes vorüber; und plötzlich erblickte ich in den Wipfeln der Erlen die beiden roten Pantoffeln; sie sahen aus wie Seemarkierungen oder Signale, glichen einer fliegenden Hexe, welche die Füße gen Himmel gerichtet hält und die Zehen einwärts biegt ... der Winterschnee, Regen und Sonne hatten sie ausgebleicht und verkrümmt. Ein grauenvoller Anblick ... Wenn ein Mann eine Frau liebt, tut er ihr alles zuliebe, was sein Ehrgefühl nicht antastet; die Undankbare lohnt es mit Verachtung und erfindet noch ein Schimpfwort für seine Güte. Ist man ihr nicht zu Willen, spielt sie eine Krankheit vor oder *wird* gar krank, geht ihres Weges und nimmt das Kind mit sich, um den Mann zu bestrafen, und kümmert sich nicht darum, wie schwer das Kind darunter zu leiden hat. Das nennt man Mutterliebe. Auch Goethe sagt: Die Frau ist aus einer krummen Rippe geschaffen; biegt man sie zurecht, so bricht sie, läßt man sie, wie sie ist, wird sie noch krummer*. Turgenjew schreibt: Zweimal zwei macht vier, aber für ein hysterisches Frauenzimmer macht es fünf**. – Ich würde hinzufügen: Für jede Frau ist zweimal zwei genau so viel, wie es ihr behagt, es hängt von ihrer Laune ab. – Währenddessen vergingen die Tage, einer wie der andere, wie im Jahr zuvor. Jeden Morgen um sieben kam das Mädchen mit den Brötchen; aber ich hatte niemanden dort drüben in dem kleinen Bettchen, den ich mit Zuckerbrot hätte wecken können, um dafür einen dankbaren Blick, eine Liebkosung zu ernten. Am Samstagmorgen legte das Boot des Gärtnermeisters an, und ich kaufte immer noch Rosen, die ich in ihrem Zim-

* Paraphrase von «Behandelt die Frauen mit Nachsicht! ...» in: *West-östlicher Divan.*

** Die Stelle, auf die hier Bezug genommen wird, ist unbekannt.

mer in die Vase stellte. Auf diese Weise lebte ich mit meinen geliebten Schatten ein Schattenleben im Spukhaus. Die Schwalben bauten unter dem Dach, die Erdbeeren blühten, setzten Frucht an, und ich suchte für den Jungen die besten Pflückstellen aus. Am meisten vermißte ich nun meinen Sohn, denn sein Bild stand klar und ungetrübt vor mir; zutraulich, gut, dankbar, hatte er immer friedlich und in Liebe mit seiner Familie gelebt. Ich war nicht sentimental von Natur und hatte mich bis zu dem Tag, wo ich mit Frau und Kind ein Bündnis geschlossen hatte, für Widersprüche des Gefühls unempfindlich geglaubt. Als die Frau begann, mit mir zu streiten, war ich wehrlos, vermochte nicht zurückzuschlagen, nicht zu töten, saß doch der Feind unter meiner eigenen Haut; und wenn ich guten Grund hatte, meine Hand gegen sie zu erheben, stand das Kind dazwischen. Nun war für diesen Sommer meine Berechnung so, daß sie sicher mit meinen Verwandten wieder segeln würde; und da diese sich auf dem Festland mir gegenüber eingemietet hatten, würde ich sie gleichsam im Auge behalten, und sie würden jederzeit unsere grüne Insel, meine Seeveranda, meine Flagge vor sich haben. So würde es nur einer Verwicklung dort drüben bedürfen, einer Unstimmigkeit oder eines Überdrusses, und sie würde sich hierher zu ihrem einzigen Freund, der Einsamkeit und den Erinnerungen zurücksehnen.

Vom Balkon eines Giebelzimmers im ersten Stock konnte ich ihre Wohnung sehen und die Mastspitzen der weißen Brigg. Meist saß ich dort oben, das Fernglas lag auf dem Tisch, aber der Kutter fuhr nie in meine Richtung; er nahm die Segelrinne zum Meer hinaus. Zuweilen berechnete ich alle Möglichkeiten eines Zerwürfnisses; meine Verwandten liebten nicht sie selbst; vielmehr hatte ihr Haß auf mich, der vor allem im Bedürfnis bestand, zu herrschen, in meinem Schicksal zu wühlen und mich zu zerstören, in Sympathie für sie umgeschlagen. Überließ ich sie nun sich selbst, so vermied ich Intrigen und Annäherungen; sie würde sich von ihnen lösen und mir wieder zufallen. Sie hatte sonderbare Gewohnheiten, überspannte Vorlieben; es fiel ihr schwer, sich zu fügen. Gast zu sein, ist eine große Kunst, denn sie erfordert Geschmeidigkeit, Takt, Rücksicht. Am meisten war auf das Kind zu setzen, denn auch Menschen, die Kinder lieben, vertragen jene anderer auf die Dauer schwer, und Mütter reagieren empfindlicher bei Anspielungen, die ihr Kind betreffen, als bei jenen, die sie selbst meinen. Es brauchte ja so wenig, Streit zu entfachen. Erik zum Beispiel mochte den Kaffee nicht mit viel Sahne. Kommt nun eine Frauensperson und gießt zuviel ein, so schreit er. Aufruhr – unerzogene Kinder – Meinungsverschiedenheiten: bum – und aus!

Während ich auf diese Weise meine Berechnungen anstellte, floß der Sommer dahin; die Tage lösten sich wie Perlen, die man von einer Schnur streift, unmerklich und still schmerzend, aber nicht unbehaglich. An einem einzigen Tag kamen Gäste; ich konnte sie nicht abweisen; zwar brachten sie Zerstreuung, doch drangen sie trotzdem störend in mein Leben ein. Ich bemerkte es erst am Tag danach, als mir war, wie wenn sie durch mein Leben hindurchgegangen wären, Fäden zerrissen und die Beete zertreten hätten; ich brauchte einen ganzen Tag, um die gewisse Stimmung in den Räumen wiederherzustellen. Eigenartig: Als einer der Gäste auf dem Klavier spielen wollte, verweigerte es dem fremden Herrn seinen Dienst, denn die Tasten klemmten; ob die Feuchtigkeit schuld war oder ein anderer Grund vorlag, wußte ich nicht; vielleicht vermißte es seine Herrin.

Inzwischen reiften und verdorrten an den Hängen die Walderdbeeren; die Himbeeren wurden rot und fielen ab; der Sandhaufen wurde vom Winde sanft verweht; die Riemen der Schaukel trockneten ein; wenn ich sie anstieß, knarrte sie traurig, und als nachts einmal ein starker Wind blies, quietschte und knirschte sie bis in den Morgen hinein, als ob sie weinte.

Dann begann ich zu packen und verließ das Haus unter dem Eindruck des Sommers, den ich in der Gesellschaft der Meinigen mit allem Wohlbehagen verbracht hatte, das damit verbunden ist, und ohne jede Störung.

Ich kam in die Stadt zurück. Alles war aus. Und dann geschah das.»

Der Kranke schien sich nun von seinem Erlebnis befreit zu haben und schlummerte wieder ein. Währenddessen kam der Arzt und stellte Brand mit beginnendem Fieber fest, oder, mit anderen Worten: das nahende Ende. Als die Wunde gereinigt war, erwachte der Konservator und erkannte seinen alten Freund.

«Keine Hoffnung?» fragte er.

Der Arzt schüttelte den Kopf.

«Nun, dann ist es an der Zeit, daß ich dir endlich meine Meinung sage, die du seit langem zu kennen glaubst, die du aber nicht kennst, da ich sie dir verschwiegen habe.

Nun soll es also mit mir ein Ende haben. Herrlich! Allem den Rücken kehren, unabhängig werden, unerreichbar. Jetzt will ich dir sagen, was ich denke, jetzt, denn man kann ja nicht alle Tage seine Meinung sagen, wenn man Frau und Kind hat; das weißt du selbst. Ich will dir sagen, welch ein Heuchler ich zu sein gezwungen wurde in der Angst, meine Beförderung und mein tägliches Brot zu verlieren; ich habe immer geglaubt, Krankheiten entstünden aus der Zersetzung von Geweben und Flüssigkeiten, welche dann Mikroorganismen hervorbringen, die ihrerseits eine Ansteckung übertragen können. Die Bakterien sind durch Selbstzeugung entstandene Endprodukte; das wurde für die niedrigsten Organismen, die nicht aus einem Ei oder aus Sporen entstehen, bewiesen. Zwanzig Jahre lang habe ich über dem Mikroskop gesessen, und nie habe ich eine Schwärmspore oder eine Bakterie gesehen, die grundlos hervorgerufen worden wäre, obschon die Luft davon voll sein soll. Hingegen habe ich im Staub auf dem Objektglas stets Kiesel, Kohle, Stärke und Eisen gefunden. Wenn man Pasteurs Flüssigkeit einzig mit glühend heiß gemachter Luft in Berührung bringen darf, so ist die Lebenskraft dieser Luft ebenso zerstört wie die der möglichen Sporen oder Bakterien. Nun weißt du's!

Und genausowenig, wie ich an den Affen glaubte, glaube ich daran, daß ihr die Physiologie des Körpers entdeckt hättet. Die Leber, abgesehen davon, daß sie Galle herstellt, ist ein Thermostat; die Milz bereitet den Pankreassaft zu; die Nieren sind undurchlässig, *imperméables* wie Kautschuk, und können das Wasser nicht destillieren, das durch den ganzen Körper wie durch Entwässerungsrohre läuft und im Augenblick, ohne die Nieren passiert zu haben, in die Lungen gelangt; der Körper hat nicht zwei, sondern vier Kreisläufe, denn die Chylus- und die Lymphgefäße sind in sich geschlossene Zirkulationssysteme. Das Knochenmark erzeugt nicht die roten Blutkörperchen, sondern erneuert die Knochen; das Gehirn ist eine Drüse, welche die Verbrennungsprodukte fortschafft, die aus dem Stoffverbrauch der Sinne entstehen; die vielen kleinen Auswüchse an der Gehirnbasis haben uns unbekannte Funktionen; die Großhirnrinde ist nicht der Sitz des Denkens, denn wenn der Geselle den Schädel seines Kameraden mit der leeren Flasche einschlägt, so ist das Denkvermögen des Kameraden gleich gut oder gleich schlecht wie vorher, wenn er wieder gesund ist; was die Nerven in ihren Strängen mitführen außer Flüssigkeit, das kann das Elektroskop nicht ausmachen. Daß ihr die einfachen Arzneimittel, die sogenannten Simplicia, aufgegeben habt, ist ein großer Fehler; wenn zum Beispiel bei einer Dysenterie die Galle nicht mehr funktionieren will, so verrottet alles. Die Galle ist nämlich das Antiseptikum des Körpers, abgesehen davon, daß sie Fette und anderes löst; und wenn es an der gelbgrünen, bitteren Flüssigkeit mangelt, so ersetzt man sie durch die Droge des gelbgrünen, bitteren Wermutkrauts. Das findest du nicht gelehrt genug, aber ich will dir Zahlen geben. Die Galle enthält unter anderem Biliprasin, dessen Formel $C_{16}H_{22}O_5+N_2O$ ist; und das Wermutkraut enthält Absinthin; und dessen Formel ist $C_{16}H_{22}O_5$. Sind diese Zahlen nicht deutlich genug? Und weißt du, wo das Wermutkraut zu finden ist? Natürlich, wenn du im Wald einen Platz siehst, auf dem das Wermutkraut wächst, so weißt du, was dort geschehen ist: daß jemand Exkretin hinterlassen hat, dessen Beschaffenheit von der Galle bestimmt wird. Galle wird zu Wermut! Der Kreislauf der Natur, die Symbiose zwischen dem Tier und den Pflanzen, in Zahlen ausgedrückt $C_{16}H_{22}O_5$...!»

Der Arzt wandte sich verzweifelt an die Krankenschwester: «Mehr Morphium, er redet irre; es ist, wie wenn man den Pfropfen aus der Sodaflasche zieht.»

Der Kranke hatte bloß Atem geschöpft und vom Arzt ein neues Stichwort erhalten.

«Morphium, ja; weißt du, daß alle Alkaloide des Opiums an Milchsäure gebunden sind? Nun haben wir neulich zu lernen bekommen, daß die Schlaflust nach der täglichen Arbeit auf einer übermäßigen Bildung von Milchsäure beruht; vielleicht ist es nun die Milchsäure des Opiums, die den Schlaf bewirkt ... Aber das ist es nicht, wovon ich sprechen wollte ... Ich wollte von der Perversität in der Naturforschung sprechen, wo sich in der Dekadenzzeit alles rückwärts entwickelt hat. Du glaubst, Malaria und Schüttelfrost entstünden durch Mücken; aber wenn du ein konsequenter Jünger von Pasteur und Koch wärest, müßtest du zu dem Schluß kommen, daß die Mücke in ihrem Körper ein Serum entwickelt und auf diese Weise als Therapeut wirkt. Aber das wagst du nicht zu behaupten, denn damit würdest du dich um Arbeit und Beförderung bringen. *Ich* aber, ich bin außerhalb von alledem, jenseits, *ich* werde verkünden, daß der Schöpfer die Mücke nicht aus Bosheit erschaffen hat, sondern mit guter Absicht; und in den Sümpfen, wo das Fiebergift entsteht, läßt er auch alle Salix- oder Weidenarten wachsen, deren Salicylsäure das Fieber-Heilmittel ist. Das habe ich von Linné gelernt, meinem großen, unsterblichen Lehrer, den ich nie verleugnet habe, obschon ich gezwungen wurde, mich zum Affenkönig zu bekennen ... So ist das Leben ... eine einfältige Tanzerei mit Masken und Domino; Demaskierung nach Mitternacht! Apropos, wieviel Uhr ist es? Warum habt ihr den Spiegel entfernt? Ich sehe ihn jedenfalls nicht, und so entgehe ich auch dem Grünen Auge; aber dann kommt wieder die Sache mit dem Kongo; ich habe niemals Menschen gejagt, wenn ich auch Gehirne gesammelt habe; das war so ein Teufel – ja, es war das Grüne Auge, welches das Gerücht verbreitet hat; erst lachte ich, fand die Geschichte völlig verrückt, eine tolle Erfindung, dann ließ ich sie gelten; schließlich erzählte ich sie selber und glaubte daran; aber jedesmal, wenn ich als Arzt eine Anstellung suchte, gab es Widerstand; man fürchtete sich vor dem Menschenfresser; so kommt es, wenn man sich selbst etwas vorlügt; aber nun konnte ich nicht mehr zurück, denn da hätte ich als Lügner gegolten; kann man eine Lüge niemals zurücknehmen? Aber sicher. Man kann sie vergessen; sie kann ihren Stachel verlieren, gar ganz und gar zur Wahrheit werden; einmal hatte ich Geldsorgen, gab vor, am 1. Mai ein Stipendium zu bekommen; das war ekelhaft; aber, man stelle sich vor, am 1. Mai erhielt ich ein Stipendium, um welches ich niemals nachgesucht hatte; die Lüge wurde zur Wahrheit, *war* aber doch nicht die Wahrheit. Gewiß kann eine Lüge gelöscht werden wie eine unangenehme Erinnerung, welche die Zeit ausbleicht. Energie ist nicht unzerstörbar; das ist nur Geschwätz; werfe ich einen Stein ins Wasser, so entstehen keine Kreise mehr, sobald der Widerstand größer wird als die Kraft; in aufgewühlter See bilden sich überhaupt keine Kreise; und jene Lüge, die Helmholtz oder irgendein anderer von sich gegeben hat, habe auch ich zwanzig Jahre lang gepredigt; ist man ein Kind, glaubt man alles, was gesagt wird; *mir* banden sie mit sieben Jahren den Bären auf, man könne Sperlinge fangen, wenn man ihnen Salz auf den Schwanz streue. Ich versuchte es, die Sache mißlang, und trotzdem glaubte ich daran; vielleicht ist es auch wahr, ich habe es auf experimentellem Weg nie auszumachen versucht … Ich bin durstig; gib mir zu trinken. – So, du heißt Sofia, und du hast mich in die Himbeerbüsche der Erkenntnis gelockt. – Du warst ein Kind, du konntest nichts dafür – und das hast du vergessen, siehst du! Man kann also vergessen; Orfila sagt in seiner ‹Gerichtsmedizinischen Chemie›, daß das Gehirn nach dem Tod unverändert in seiner Kapsel bleibe und einem Lehmklumpen gleicht; aus Erde sind wir geschaffen, zu Erde sollen wir wieder werden; aus Lehm erschuf der Gott Ptah den Menschen, auf der Scheibe eines Töpfers; deshalb ist er symmetrisch, und deshalb haben die Porträtmaler ihre liebe Not, das menschliche Gesicht von vorne darzustellen; nicht einmal Rembrandt hat die Augen richtig in den Kopf gesetzt. – Nun geht's mit mir zu Ende!»

Er war tatsächlich am Erlöschen, wurde aber mit Kampfer eiligst wieder belebt; und nun begann das Chaos – auf und ab, hin und her; alle Ordnung war verloren. Das Gehirn arbeitete wie leer mahlende Mühlsteine, sprühte Funken, als wolle es Feuer fangen.

«‹Verbotener Weg für alle außer jenen, welche die Fabrik besuchen› – diese Anschlagtafel habe ich sechs Jahre lang gelesen. Ob der Stil richtig ist, habe ich nie ausmachen können, aber meine Gedanken können der Formulierung ‹Verbotener Weg für alle außer jenen› nicht folgen. Und ich glaube, daß zwei Menschen nie dasselbe denken oder unter denselben Wörtern dasselbe verstehen. Ich erinnere mich, daß *sie* böse werden konnte, wenn ich ihr eine Freundlichkeit sagte; ich fragte mich zuweilen, ob sie mich mißverstanden habe und meinen Worten einen anderen Sinn gebe oder ob *ich* in jenem Augenblick etwa unaufrichtig war und feindliche Gefühle hegte, während ich unter dem Zwang stand, etwas Höfliches zu sagen. Das könnte sie vielleicht gefühlt haben; und sie wäre deshalb böse geworden, worauf ich meinerseits gereizt war, weil sie mich durchschaut hatte. Welch ein Versteckspiel das Leben und das menschliche Zusammensein ist! Ich hatte geglaubt, man könne und müsse die Menschen mit dem Gefühl erfassen. Einst war mir ein Kollege lieb geworden, und ich bildete mir deshalb ein, daß er auch für mich Sympathie hege; er war – natürlich – treulos, nahm meine guten Dienste entgegen, vergalt sie aber mit Verrat; das war mir teilweise bewußt, doch ich vergab ihm immer wieder, bis ich entdeckte, daß er mir mehr als irgendein anderer geschadet hatte. Seine Falschheit wurde durch einen Dritten aufgedeckt, der die folgende Bemerkung machte: ‹Eigenartig, daß du immer gut über X sprichst; er spricht immer schlecht über dich!› Das war eine Überraschung, und meine Gefühle begannen zu schwanken, bis sie zur anfänglichen Sympathie zurückfanden; und da blieben sie. Als Erklärung bildete ich mir ein, daß ich ihm, trotz seines Undanks, aus irgendwelchen dunklen Gründen zu dienen schuldig sei. Wir mochten verwandt sein, ohne es zu wissen; oder es gab eine uralte Blutschuld; oder – wie ich zuweilen zu bemerken glaubte – seine flüchtige Ähnlichkeit mit meiner Mutter brachte mich dazu, alles, was von ihm ausging, zu ertragen.

In der Schule hatte ich einen Kameraden, der mir so sehr glich, daß uns die Lehrer verwechselten; wir waren uns so ähnlich, daß mein eigener Onkel ihn für mich hielt. Wir waren Freunde, ohne uns zu mögen; wir zogen uns an, ohne uns zu suchen, denn Gleiches scheut Gleiches; aber wir waren auch verlegen, hatten uns wenig zu sagen; beide warteten wir ab, wer als erster hinter das Geheimnis kommen würde, dessen Existenz wir ahnten, ohne uns über seine Art im klaren zu sein. Eines Tages starb er; ich trauerte nicht um ihn, aber er fehlte mir. Da ich zum Begräbnis eingeladen war, kleidete ich mich an und begab mich auf den Weg, aber vor der Tür bei der Hausglocke machte ich kehrt; ich war befangen, doch nicht, weil ich mich vor der Leiche gefürchtet hätte. Erkläre mir dies, wer kann! Uneheliche Brüder waren wir nicht, soviel ist sicher. Das alles ist ein Stoff, ‹gemacht vom selben Zeug wie der zu Träumen›, oder ‹'s ist ein Märchen, erzählt von einem Dummkopf mit Bombast, doch nichts bedeutend›, sagt Shakespeare*.

Es gab damals in meinem Leben eine Zeit, in der ich keine Zeitung las; da war es interessant, von meiner Umgebung zu hören, wie verschieden dieselbe Sache gelesen wurde. In der Zeitung hatte etwas über meine letzte Reise gestanden. Meine Frau, die mir zufällig gerade gut gesinnt war, hatte nichts als Lobesworte gelesen. Meine Schwiegermutter, die mich haßte, beklagte – mit einer gewissen Zufriedenheit –, wie ungerecht man mir gegenüber gewesen sei. Wohlgemerkt, sie hatten dieselbe Zeitung gelesen. Mein Vorgesetzter im Museum gratulierte mir zu der Anerkennung, denn er brauchte mich nicht zu fürchten; ein Arbeitskollege sagte offen, daß es eine Unanständigkeit sei, so etwas zu schreiben, und er forderte mich auf, eine Erwiderung einzusenden; der falsche Freund, der meinen Reisen allen Wert absprach, fand den Artikel im großen und ganzen gerecht; ich könne mich geschmeichelt fühlen. Und so weiter! Als ich dann die Zeitung selber las, fand ich ein kurzes, farbloses Referat, das jeder Leser auf seine Weise koloriert hatte. So ist das alles!

Ein Freund hatte sich während meiner Krankheit im

---

* *The Tempest* (IV 1) und *Macbeth* (V 5)

Kongo mir gegenüber unverschämt verhalten, mich um ein Wertpapier betrogen, meine Stelle übernommen und meine Wohnung bezogen. Als ich wieder gesund war, beklagte ich mich bei den anderen darüber. Aber alle zusammen nahmen wie ein Mann gegen mich Stellung: *Er* sei ein ganz hervorragender Mensch; sie könnten nicht glauben, daß er zu solchen Dingen fähig sei; und sie wandten sich alle gegen mich. Man machte aus mir einen undankbaren Lümmel, der hinterrücks andere anschwärze und seinem besten Freund solcherart Dank erweise. Als ich mich verteidigen und Beweise vorlegen wollte, weigerte man sich, sie zur Kenntnis zu nehmen. Ich hatte nicht das Recht, mich zu verteidigen! Warum? Ja natürlich, ihre eigenen Interessen machten sie blind; sie brauchten den anderen, nicht aber mich. Es scheint zuweilen, als gebe es einen schicksalhaften Zwang, wonach ein Unschuldiger eine Schuld tragen muß, wie wenn es unerlaubt wäre, daß einer sich verteidigt. Ich gebe zu, daß es manchmal besser ist, zu schweigen und zu leiden als sich zu verteidigen, indem man einen anderen Menschen anklagt, vorausgesetzt, das eigene Leiden bleibe gegenüber dem Leiden des anderen unbedeutend. Aber es ist hart und heutzutage weder interessant noch erbaulich, Märtyrer zu sein. – Diebstahl ist ja nicht gerade das Schlimmste, obschon man es für besonders schmutzig hält. Ich hatte ein Dienstmädchen, das mir Bücher stahl. Und da ich mit mir reden ließ, wurde die Sache so gedreht, daß ich ihr verzeihen mußte. Aus Mangel an Platz warf ich Bücher von minderer Qualität in eine Ecke. Sie glaubte, ich habe sie endgültig ausgemustert; deshalb lieh sie sie zuerst aus, und als ich nicht danach fragte, stützte sie sich mit der Zeit auf das ‹Gewohnheitsrecht›, sie als ihren Besitz zu betrachten; und als sie die Bücher an Bekannte ausgeliehen und wieder zurückgefordert hatte, kam sie sich in ihrer Eigenschaft als Gläubigerin wie der Eigentümer vor. Auf diese Weise habe auch ich schon Bücher gestohlen; was geistige Werte angeht, darf man es schließlich nicht zu streng nehmen. Bücher sind zum Lesen gemacht; deshalb leiht man sie aus; sie gehen von Hand zu Hand, und man bekommt sie nie wieder zu Gesicht. Sie müssen wandern, dürfen nicht unnütz herumliegen. Au! Nun habe ich mir in den Finger gebissen! ‹Nordwest-Deutschland› rumort noch in mir; aber ein Reiseführer hat eher einen praktischen als einen geistigen Wert. Es ging ja auch nicht *darum,* sondern um die Drohung: ‹Nie wieder werde ich ein Buch von dir leihen!› Der Kopf tut mir weh, wenn ich den Gedanken weiterdenken will …»

Hier trat in der Krankheit eine Änderung ein. Der Brand war in die Wunde gekommen, und die Schmerzen wurden stärker. Dadurch veränderte sich der seelische Zustand des Kranken und erreichte ein neues Stadium. Er fühlte sich bedroht, faßte die Schmerzen als Anklage auf, und Selbstvorwürfe wechselten ab mit Verteidigungsreden. Alle unbehaglichen, peinvollen Momente des Lebens tauchten auf; die schmerzvolle Qual zwang zum Bekenntnis, und darüber hinaus gab er seine Erklärungen ab, forderte mildernde Umstände oder sprach ein Urteil über sich selbst.

«Es gibt Handlungen, die man begangen hat und die man nicht erklären kann, und eben jetzt fällt mir eine solche ein.» (Dabei wurde er rot um die Ohren; das Blut vermochte nicht in die Wangen zu strömen.) «Einst sah ich bei einem Maler, welchen ich kannte, ein kleines Bild; der heftige Wunsch, dieses Kunstwerk zu besitzen, stieg in mir auf, wuchs sich zu einer hemmungslosen Leidenschaft aus, einer Liebe oder einem brünstigen Verlangen gleich. Ich wußte, daß ich nicht die Mittel hatte, es zu kaufen; aber unter dem Eindruck meines Begehrens bildete ich mir ein, in nächster Zukunft zur Bezahlung imstande zu sein. Das ist es, was wir ‹Hoffnung› nennen, oder besser ‹Wunschhoffnung›. Ich bat, das Bild auf Kredit kaufen zu dürfen; ich erhielt es, und es kam mir vor, als sei es mein Eigentum. Ich aß oft mit dem Maler zu Mittag, und während mehrerer Monate sagte er nichts von meiner Schuld. In dieser Zeit hatte ich ihm Arbeit verschafft, wofür er mir seine Dankbarkeit bezeigte, was wiederum zur Folge hatte, daß mein Schuldgefühl ihm gegenüber immer schwächer wurde. Ein halbes Jahr später erinnerte er mich sehr schüchtern und vorsichtig an meine Schuld. Das machte einen unangenehmen Eindruck auf mich, aber nicht etwa, weil ich gemeint hätte, mit meinem Freundesdienst die Schuld beglichen zu haben, sondern weil ich mich daran gewöhnt hatte, das Bild als mein Eigentum zu betrachten. Nun packte mich eine heftige Abneigung gegen das Gemälde, so daß ich es verschenkte. Damit muß ich es wohl von meinem Schuldenkonto gestrichen haben, denn der Maler und ich trafen uns während der nächsten paar Jahre, ohne daß einer über den Kauf gesprochen hätte. So wurde sowohl das Gemälde als auch die Schuld langsam aus dem Gedächtnis getilgt. Anders kann ich es mir nicht erklären. Als ich später zu Geld kam, war der Maler verschwunden. Aber einige Jahre danach betrat ich eines Tages ein Café, um jemanden zu treffen, und da fand ich meinen sanftmütigen Gläubiger, der zusammen mit einem Kollegen, den ich kannte, dasaß. Ich setzte mich an ihren Tisch, merkte aber, daß ich nicht willkommen war; möglich, daß sie gerade über mich gesprochen hatten. Sie führten ihr Gespräch fort, und mein Maler ließ sich, ganz allgemein, über die Leute aus, die Bilder kaufen und nicht bezahlen. ‹Das ist doch Schwindel›, sagte er. ‹Ist das nicht ein Schwindel?› – ‹Ja, gewiß›, antwortete ich ohne Bedenken, so vollkommen vergessen hatte ich die ganze Geschichte des Bilderkaufs. Darauf betrachtete er mich mit Blicken, die zu erforschen suchten, ob ich nicht ganz normal oder zynisch und frech sei. Ich verstand das damals nicht; nicht einmal, als der Freund mich mit widerlichem Grinsen anblickte. Im übrigen setzten sie ihr Gespräch fort, wie wenn ich nicht da wäre; ich fühlte mich überflüssig, stand auf und ging. Das einzige, worüber ich nachdachte, als ich auf die Straße kam, war dies: ‹Warum waren sie mir denn böse?› – Damals fand ich die Erklärung nicht, erst jetzt, zwanzig Jahre später, erfasse ich es! Es ist schrecklich! Schrecklich! Und so ist es auch mit allem anderen. Jetzt erst, da der Maler tot ist, gestorben im Elend, und da es zu spät ist, die Schuld zu begleichen! – Ich habe bei Platon gelesen, daß die Toten, wenn sie zum anderen Ufer kommen, nur an Land gelassen werden, wenn ihnen von jenen vergeben wird, denen sie Unrecht getan haben. Glaubst du, Sofia, daß er mir vergeben hat?»

«Er hat wohl nun andere Sorgen, du dummer Junge», antwortete die Schwester.

«Hab Dank, daß du mir das sagtest ... Aber stell dir vor – ich sehe sie noch jetzt vor mir an dem Marmortisch sitzen und Zündhölzer anstreichen, um ihre unfreundlichen Gefühle zu verbergen. Warum nur liege ich hier und grüble dieser Sache nach? Und wie ist es möglich, daß diese Erinnerung nach so langer Zeit wieder aufsteigt? Es gibt ja die Zellen nicht mehr, die damals den Eindruck aufnahmen. Wo werden denn nur unsere Erinnerungen gespeichert? Wo ist überhaupt der Sitz des Gedächtnisses? Natürlich in der Seele, aber die Seele sitzt doch im Körper. Der Körper erneuert sich, nicht aber die Seele. Mein ältester Bruder sagt, mein Charakter sei heute mit meinen vierzig Jahren ganz derselbe wie damals, als ich fünf Jahre alt war. Man ist wohl in diesem Alter bereits zu einer kleinen Kupfermünze geprägt worden. Aber sag mir doch, wie du dir das Leben auf der anderen Seite vorstellst; ich will dir dann auch ein Geheimnis von mir erzählen.»

«Über die andere Seite», erwiderte die Schwester, «wissen wir nichts; aber meine Vorstellungen von unserem Zustand dort kann ich wohl erklären. Dort – ist alles wirklich, und so, wie sich etwas darstellt, *ist* es auch; nicht nur Schein wie hier. Dort ist das Zusammenleben wirklich geordnet, nicht wie hier eine Anarchie, wo der Reiche den Armen unterdrückt, wo dem Skrupellosen alles glückt, während der Redliche untergeht; dort leben die Menschen in der Liebe, nicht im Haß wie hier; dort ist die Wahrheit weiß und nicht wie hier schwarz; dort achten sich Kinder und Eltern; dort sind Freunde nicht treulos gegeneinander, und die sich einem reinen Leben widmen, leben in Reinheit und nicht in Unzucht; mit einem Wort: Dort ist alles so, wie wir uns in der Jugend, wenn wir glücklich sind und an das Gute glauben, das Leben vorstellen. Man nennt es ein Idealbild, doch sicher ist es die Erinnerung an ein besseres Dasein, das wir verlassen haben, als wir auf diese Welt hinunter geboren wurden.»

«Das ist doch Heraklits Lehre, was du sagst: Die Menschen sind sterbliche Götter und die Götter unsterbliche

Menschen; wenn wir leben, sind unsere Seelen tot und in unserem Inneren begraben; wenn wir aber sterben, so erwachen unsere Seelen und werden lebendig! – Jetzt sollst du mein Geheimnis erfahren, es ist allerdings nichts Besonderes dabei, denn du kannst es auch gedruckt finden, und zwar in einem einfachen Buch, einem Lehrbuch: Cleves ‹Organische Chemie›. Stell dir vor, ich erinnere mich sogar an die Seite, wo es steht, sehe Pagina 379 und die homologe Reihe vor mir, die mit dem Benzol beginnt und mit dem Idrialin schließt. Hör nun zu und vergiß es nicht: Idrialin kommt vor im Mineral Idrialit; das ist ein Zinnober oder Schwefelquecksilber, und es wird mit Benzol extrahiert. Die Formel von Idrialin besteht aus einem Benzolring und vier angehängten Äthylgruppen, das heißt 4 C_4H_2. Diese 4 C_4H_2 haben das Molekulargewicht *zweihundert,* was jenem von Quecksilber entspricht. Wird dir nun klar, daß man bei Idrjia Quecksilber gewinnt? Und daß Quecksilber ein Kohlenwasserstoff ist mit der Formel 4 C_4H_2? Im Zusammenhang damit und als Kontrolle will ich dir sagen, was Silber ist. Es steht im gleichen Buch auf Seite 146, wo die Formel für Silber auf Grund der Zusammensetzung des Allantoinsilbers errechnet werden kann: 2 C_4H_5. Nun hast du von den zwei größten Entdeckungen gehört, die in der Chemie gemacht worden sind, seit Dalton das Gesetz der multiplen Proportionen gefunden hat! Und *ich* bin es, der sie gemacht hat! Nun weißt du's.»

«Welch eine Anmaßung! Pfui!»

«Weißt du, was Luther gesagt hat? Er sagte: ‹Seit tausend Jahren hat Gott keinem Bischof so große Gaben verliehen wie mir. Und über Gottes Gaben soll man sich selber rühmen.›»

«Ja, aber er sagt auch an einer anderen Stelle: ‹Bis zum

Alter von vierzig Jahren ist der Mensch ein Kind› – und das *bist* du.»

Nun verlor er den Bezug zu seiner Umgebung, wie wenn die Haken sich gelöst hätten; die Schwester schwand aus seinem Bewußtsein, und er nahm seinen Monolog, durchsetzt mit Zwiegesprächen, in denen unsichtbare Anwesende ihre Einwände machten, wieder auf.

«Nein, ich will das Kind nicht sehen; allzu grausam, seine Gefühle aufzuwühlen; wozu soll das gut sein? Es hat sich an ein Leben ohne mich gewöhnt und wird mir immer mehr entwachsen, das liegt in der Ordnung der Natur; aber sieh zu, daß die Kellerluke geschlossen ist, damit es nicht hinunterfällt. – Nun, da spielen sie wieder im unteren Stock: ‹Die Blumen der Freude im Staub der Erde›, ja, Luther sagt: ‹Dieses ganze Leben ist so elendiglich, daß uns auch von denen Qualen kommen, die uns am nächsten stehen. Die Liebestollen martern sich selbst Tag und Nacht, und führt sie ein Weib am Strick, so werden sie fügsam wie der Ochs. In summa: Das Menschenleben ist eitel Elend und Sinnlosigkeit.› – Und an anderer Stelle: ‹Keiner nähme sich ein Weib, wenn er sich darauf besänne, was man in der Ehe und im Haushalt erleidet.› Aber, so wendet er ein: ‹Gott hat so viele Dinge geschaffen, die großen, schönen Hechte und den schönen Rheinwein, also gönnet er uns wohl, daß wir essen, trinken und fröhlich seien. Läßt Gott es zu, daß ich ihn zwanzig Jahre lang mit dem Lesen von Messen gequält habe, so kann er es auch nicht schlecht finden, daß ich mir zuweilen ein gutes Gläschen gönne!›

Warum wird denn hier so schrecklich gehämmert? – Das sind die Klempner am Neubau; laßt mich in den Spiegel sehen! Na ja, nun sind die Schornsteine oben, und das Grüne Auge ist ausgelöscht; möge auch dein Haß nun verlöschen, alter Feind. Ich bin gewiß sehr krank, ich kann nicht mehr hassen, vermag es nicht mehr! Nichts ist fest, wenn man daran rührt, weder der Haß noch die Liebe. Heute sind meine Feinde Freunde und halten zusammen, morgen schon sind sie uneins und entzweit, und ich kann wieder atmen. Aber ich kann nicht lange auf ihre Zwietracht bauen, denn schon nächste Woche sind sie sich wieder einig, und dann ziehen sie über mich her.

Ich glaubte, da unten in der Wohnung sei das ewige Schweigen eingezogen oder die Gatten hätten sich getrennt, aber nun kommt wieder Bewegung hinein und man spielt ‹Le Charme›. Vorwärts und rückwärts, alles schwankt, kommt wieder, taucht unter, taucht auf.»

Die Schmerzen wurden nun so stark, daß der Kranke nicht mehr zu liegen vermochte, sondern sich auf den Bettrand setzte; so blieb er sitzen, zwei Tage lang. Manchmal schrie er auf vor Schmerz, und sein Gesicht verzerrte sich; er hatte Visionen, die ihn schreckten: Der Kachelofen wurde zum Riesen mit erhobenem Schwert, die Blumen der Tapete flossen zu Gesichtern zusammen, Porträts all jener, die er gekannt hatte, von der Kindheit und der Jugendzeit an bis zum heutigen Tag; und er sprach sie an, erinnerte sie an Geschehnisse, die sie gemeinsam erlebt hatten, erklärte und verteidigte sich, bat sie um Vergebung, vergab ihnen. Er sprach in diesen achtundvierzig Stunden Millionen und Millionen von Wörtern; sein ganzes Leben floß aus in Worte, wie wenn er die Schlußbilanz seiner Bücher erstellt hätte, denn er verrechnete Schuld mit Schuld. Manchmal war er der Verzweiflung nahe, wenn er etwas nicht zu klären vermochte; aber sein Gedächtnis versagte nie. Seine inneren Sinne schärften sich auf unglaubliche Weise, während die äußeren erloschen.

Die Krankenschwester war aus dem Zimmer gegangen, nachdem sie ein nasses Handtuch an den Waschtisch gehängt hatte. Das Handtuch war so naß, daß es zu tropfen anfing; und die Tropfen fielen mit einem regelmäßigen Geräusch in den Blecheimer, einer nach dem anderen; wie bei einer Wasseruhr. Das reizte und störte den Patienten, zumal er sich das Phänomen auch nicht erklären konnte. Er begann zu zählen, glaubte, es sei die Uhr, aber diese war stehengeblieben. Da packte ihn wieder die Angst; er sah, wie der Raum sich mit Gesichtern füllte, schrie auf: «Habe ich denn keinen Freund, bin ich denn ein so schlechter Mensch! Aber ich bin doch kein derartiger Wüstling! Gib Antwort!» Aber die Gesichter vermehrten sich unablässig. Da beugte er sich zu jemandem hin, den nur er allein sah: «Hilf mir, Elisabeth!» schrie er und klammerte sich an die Unsichtbare, in der er seine Frau zu erkennen glaubte. «Hilf mir!» brüllte er wie ein Löwe, so daß die Wohnung erdröhnte und der Schrei durch den Fußboden drang. Beim Architekten unten verstummte die Musik mitten im Stück.

«Weiterspielen», schrie er da. «Das Sommerlied will ich haben! – Zwei Minuten Seligkeit für ein Leben in der Hölle! Zwei Minuten, auf der Veranda, unter den Fliederbüschen, meine Frau, das Kind, Verwandte und Freunde, treue Dienstboten. Wein, Musik und Blumen!»

Aber sein inneres Dunkel war so tief, daß er mit Worten keine lichten Bilder mehr hervorrufen konnte, und die schönsten Erinnerungen lagen in dunkler Nacht, wie es bei Krankheiten vorkommt.

Die Schwester kam herein und wollte ihn ins Bett zurücklegen; aber er konnte sich nicht hinlegen, denn er wäre im Wasser, das sich in seinem Brustkorb angesammelt hatte, ertrunken. Er mußte mit Kissen gestützt werden, und so blieb er sitzen, aufgerichtet wie eine Gliederpuppe, doch drohte er jeden Augenblick in sich zusammenzufallen. Sein Haar hing in feuchten Strähnen über seine Stirn, die von Schweiß bedeckt war, und sein Gesicht war weiß.

Zuweilen schienen neue Persönlichkeiten in ihm zu wachsen, «Reaktionsreste» seiner Ahnen vielleicht, oder der Einfluß all der Menschen, an die er dachte. Er konnte auf diese Weise boshaft oder giftig und im nächsten Augenblick hochfahrend und überheblich werden. Da kam ein alter, weiser Mann zum Vorschein, dann ein Kind, dann die Bruchstücke einer Frau. Sein eigenes Ich löste sich auf, und sein angeborener Charakter erwies sich als Maske, hinter welcher er seine Rolle gespielt hatte, entwickelt aus der Anpassung an die Lebensverhältnisse und gestaltet nach den Gesetzen der bestmöglichen Ausbeute seiner Zielsetzungen im Gefühlsleben. Dieses Stramin, gebildet aus Erziehung, Lehrbüchern, Menschen und Zeitungen, zerfiel nun in einzelne Fäden, und das wenige, das er selbst hineingestickt hatte, faserte aus und schwand. Mit der Auflösung seines Selbst zerrann auch die Selbstbezogenheit; er begann auseinanderzufließen, griff um sich nach seinen Nächsten, der Schwester und dem Arzt, interessierte sich für sie, ihr Befinden; und mit wirklichen Amöbenbewegungen seiner Seele warf er Scheinfüßchen aus und klammerte sich an ihren Gedanken und Gefühlen fest, gleichsam um sich auf festem Grund zu halten.

Dann kam ein lichter Augenblick, in dem er klar überlegte, seine Angelegenheiten in Ordnung brachte, seine

Schulden aufzählte, Order gab, und sie bat, nicht zu vergessen, inständigst bat, wirklich nicht zu vergessen, was er ihnen nun sage. In dem Maße, wie sein Gedächtnis abnahm, plagte ihn die Furcht, daß *sie* seine Anweisungen vergessen könnten; er identifizierte sie mit sich selbst.

Dann begann die Marter von neuem und damit auch sein Schreien: «Elisabeth, hilf mir!» – die erste und letzte Illusion des Mannes, Erlösung durch die Frau zu finden; niemand weiß, weshalb das so ist. Die Schmerzen kamen in Abständen wie die Kindbettwehen, und es sah aus, als sei er im Begriffe, andernorts, in unbekanntem Land, neu geboren zu werden, als werde seine Seele durch einen Reinigungsapparat in irgendeinen neuen Körper gepumpt, als sei er gleichzeitig wieder zum Kind geworden. Seine Schreie waren wie seine Bewegungen zuweilen jenen der Gebärenden nachgeformt.

Am Morgen des dritten Tages schließlich, als die Sonne nach einem leichten Schneefall in der Februarnacht ins Zimmer fiel, schien er von seinem irdischen Körper gelöst zu sein. Er hatte seit achtundvierzig Stunden aufrecht dagesessen, ohne Schlaf, ohne Speise, ohne Trank.

Er rief nach der Schwester: «Geh und rufe ihn an, ja; seinen Namen will ich nicht nennen, und frag ihn …»

«Das habe ich schon getan», antwortete die Schwester vom Roten Kreuz.

«Was hat er gesagt?»

«Er läßt grüßen und sagen: ‹Wer leidet, hat keine Feinde.›»

«Das ist schön gesagt und doch nicht ganz wahr; denn als meine Frau mit dem Kinde wegging, kamen die Freunde zu mir wie zu Hiob, aber nicht, um zu trösten, sondern um nachzuforschen, ob ich auch richtig gründlich leide, und als ich meinen Schmerz verbarg, zogen sie enttäuscht von dannen, wie wenn sie sich verrechnet hätten. Der Aufrichtigste stellte denn auch jene sublime, unsterbliche Frage: ‹Du kannst wohl gar nicht leiden?› – worauf ich zur Antwort gab: ‹Würdest du das denn wünschen?› Ich war vielleicht im Unrecht; vielleicht sind wir zum Leiden bestimmt, da es die Leute doch von uns fordern; vielleicht verlangt ein Gerechtigkeitsgefühl in unserem Innern, daß auch andere es schlecht haben sollen; ich habe mich immer gefreut, wenn es einem Lümmel übel erging, denn es tröstete mich zu sehen, daß es noch Gerechtigkeit gibt in dieser Welt; und wenn ein Unglück *mich* getroffen hat, so stellte ich mir die Frage: ‹Was habe ich denn getan?› – Aber nun bin ich müde, es ist Sommer draußen, ach, wie grün und schön; nun will ich schlafen.»

Damit lösten sich auch die verkrampften Züge in seinem Gesicht, und er legte sich im Bett hin, aber als er einen Blick in den Spiegel warf, sah er das neu erbaute Haus, geschmückt mit Kränzen und Flaggen. Und die Maurer brachten auf den Baumeister ein dreifaches Hurra aus.

Der Sterbende lächelte; er wußte nicht, worum es ging; alles war grün – Blumen und Flaggen, und er bezog die Hurra-Rufe auf sich selbst.

«Gute Nacht, Schwester, nun will ich schlafen!» waren seine letzten Worte. Er streckte sich aus, tat ein paar tiefe Atemzüge und schlummerte ein; so schien es; aber er starb.

Und so lag er da, lächelnd, als ob er nur schöne Dinge um sich sehe, grüne Wiesen, Kinder und Blumen, blaues Wasser und Flaggen im Sonnenschein.

Titel der schwedischen Ausgabe:
«Takslagsöl» (1906)

Umschlagmotiv:
Pierre-Auguste Renoir «Victor Chocquet»

Diese Buchausgabe wurde im
Bogenoffset gedruckt und in Fadenheftung gebunden.
Alle verwendeten Materialien entsprechen alterungs-
beständiger Qualität, die Papiere sind
chlor- und säurefrei.

Die Deutsche Bibliothek – CIP-Einheitsaufnahme

Strindberg, August:
Richtfest / August Strindberg
Aus dem Schwedischen übertragen
von Helen Oplatka-Steinlin
Zürich : Manesse Verlag, 2002
Einheitssacht.: Takslagsöl <dt.>
ISBN 3-7175-4025-4

Copyright © 1987 by Manesse Verlag, Zürich
Alle Rechte vorbehalten